KB051789

미륵불 딸

미륵불 딸

2015년 01월 15일 1판 1쇄 인쇄
2015년 01월 20일 1판 1쇄 펴냄

주　관 | 김귀달

발행인 | 김정재
펴낸곳 | 나래북 · 예림북
등록 | 제 313-2007-27호
주소 | 서울 마포구 독막로 10(합정동 373-4 성지빌딩 616호 ㊉ 121-884
전화 | (02) 3141-6147
팩스 | (02) 3141-6148
이메일 | naraeyearim@naver.com
ISBN 978-89-94134-39-0 03810

* 잘못 만들어진 책은 구입하신 서점에서 교환해 드립니다.
* 값은 뒤 표지에 있습니다.

미륵불 딸

일대기 신인 합일된 김귀달

울타리 없는 지상천국

머리말

일생을 바쳐 이루어낸 결실

백운 김귀달 도주는 1948년 진주 섭천 골짜기에서 태어나 갖은 고생을 다하고 살면서 초등학교를 두 번씩이나 중퇴하였지만 최고의 경지에 오른 진인이 되었다.

눈물을 쏟고 피를 토하는 고행 속에서도 굴하지 않았기에 신을 이긴 대도의 완성자가 되었다.

창조주 신으로부터 사명을 받아 갈고 닦은 결과 믿음의 종착지인 대도 완성자가 된 것은 온 세상 사람들이 고행하지 않고도 복 받을 수 있도록 길을 열어주고, 고통스러운 삶을 살아가는 사람들에게는 문제의 해결책을 찾아주어서 살기 좋은 세상을 만들어주시려는 창조주 원신님의 소원을 이루어 드려야 했기 때문이다.

베일에 싸여 있는 믿음의 수수께끼, 그 수수께끼로 인한 숱한 사연, 그 사연으로 인해 지금까지 수많은 희생이 따랐다.

그러나 더 이상은 희생당하는 사람들이 없도록 이 사실을 알리어 그들의 삶을 해결해 주어야 한다는 원신님의 간곡한 부탁을 받았기 때문에 신과 인간이 함께 일을 하였던 것이다.

1999년 10월부터 자서전격인 실명소설 『미륵딸』을 쓰게 하셨고, 이 사실을 알리기 위해 또다시 믿음의 비밀을 완전히 공개한 책

『미륵여래출현경』이 나오게 되었는데, 원신님의 계시로 인해 완성된 이 한 권의 책은 이 세상의 모든 사람들이 믿음의 고행, 삶의 고행으로부터 완전히 탈출할 수 있도록 길잡이 역할을 하게 될 것이다.

왜냐하면 대도란 창조주 원신님의 소원을 이루어 드리기 위해 일생을 바쳐 이루어낸 결실이기 때문이다.

조상의 업장, 자신의 업장, 후손의 업장, 삼세의 업장을 녹여주는 대도에 관해 궁금하거나 믿음에 의문을 가지는 사람이 있다면 반드시 이 책을 보아야 할 것이다.

이에 따라 원신님께서는 다음과 같은 계시를 하시었다.

"이제 고통 없이 복 받는 세상에 당도하였다. 사주팔자를 바꾸어 살고 수명 연장하여 살 수 있도록 행복찾기운동을 해야 할 때이다."

만약 이 책을 보게 된다면 끝까지 읽어보시고 창조주 원신님의 도道를 받아 보십시오. 소원을 이루게 될 것입니다.

2014년 동짓날

도리 청암사 지존여래 백운도주 金貴達

추천사

창조주 신 하나 미륵부처님 말씀

감로의 비를 내리리라.
여래 출현 창조주 신 미륵불 천서天書 알림
천지간의 진도眞道가 펼쳐진다.
악한 것을 항복받아 감로를 받음(이유를 밝힘)
자신의 가족 친지 만나는 사람마다 미륵여래 출현 알림
원용수달님 주문을 외우고 기도하면 모든 미신 해결
계명 중 정도덕행을 행하고 실천하여 만복받기
대복을 받기 위해서는 노력이 필요하다.
거짓 웃음도 진짜 웃음이 된다.
본래 인간 마음은 신선과 같은 마음이다.
신자神子는 신의 자식이라는 의미이다.
道도란 완전한 인간이 되는 것이다.
천당과 극락은 사람다운 행동 자기 마음에서 만든다.
창조주 신 미륵불 하나님 명령을 받고 김귀달이 이행하였다.
감히 세울 수 없는 형상이므로 이것이 미륵불 증표이다.
미륵불 행하심을 과학적으로나 학문적으로 화할 물리적인 모든 것을 초월하시는 힘이시니 미륵불 도는 어떤 것으로도 평가할 수 없고 논하여 비방해서도 안 된다.

자식은 아비를 버리고 아비는 자식을 잃은 격이다.

신인합일神人合一 도래시대

이제 진짜 참도를 찾아라.

복 주시는 주인공 십승지, 성각, 성전 성지순례 동참 신천촌

미륵불과 인간은 혈연관계

내가 잘 하면 가정이 잘 되고 가정이 잘 되면 나라도 잘 된다.

천지공사 중 미륵불님과 세 사람은 한 가족으로서 천지공사를 진행하셔서 현재 신천촌 십승지를 성각 성전 성인 탄생지 오막살이집에 세 분이 생존해 있다.

주　소 : 경남 의령군 정곡면 적곡리 210-19번지

연락처 : 010-2537-1399

* 창조주님 말씀 중에 복 주시는 분 찾기 및 서명운동

저 군자들아 저승 있다 말하지 마소.

가지도 보지도 않은 곳을 거론하는가.

답답하고 애달픈 자들 보소.

예언서 읽어보고 어찌 그리 답답한지

사람 죽으면 끝이고, 죽으면 기가 빠져서 아무 생각 못하고,

본인이 지상선국 건설하여 울타리 없는 세상 만들어가소.

한 세상 재미나게 살아가세.

죽어 천국, 극락 허튼수작이요, 동물이 죽어 꽃이 죽어 천차만별이다.

사람 죽어 이별하니 눈물이 앞을 가린다 한들 무슨 소용일까

살아생전 부모, 형제, 자식, 친지, 이웃 잘 섬겨 인덕 받고,

신께 지혜 받고, 오복 받아 잘 받아서 살면 되지

원한 풀고, 원수 만들지 말고 인생낙원 만들자.

인간은 서로 웃고 살면 꽃처럼 아름답다.

그러나 꽃도 질 때가 있다. 사람도 인생사 끝날 때가 있다.

죽으면 영원히 끝난다. 사후세계가 끝난다. 혼령도 없다 하더이다.

혼령이 있다고 말하지 말며 조롱하지 말고 오탁세상 물들지 말고

너그럽고 인자하고 참신하라.

공자 말씀 머리에 새겨 실천하고, 부모 말씀 거역 말고 깊이깊이 생각하고, 부지런한 마음과 육신을 한 뜻으로 모아 머리 희기 전에

바른 마음 깨달아 정직하고, 남에게 베풀어보자는 마음먹고, 이웃에 배고픈 이 있나 살펴보소.

내 배는 반만 채우면 다이어트 따로 없고, 신께 진리의 천문 열려 자식 잘 되라고 공을 들이는 것과 같다네.

진리의 정문이 어디인가? 열두 가지 옷을 갈아입고 아름답고 빛 불광 받아 신의 상을 일억 천금으로 살 수 없는 벼슬아치 만들어놓았는지라 사람들이 알려고 하지 않으니 무문도통이라.

비극 비극에 세운 정문이 열리네.

따르세.

따르세.

천재 올려 지혜 받아 내 집에 들어가서 요조숙녀 되어 여보 찾고, 지상선국 건설하여 유관순처럼 일해 놓은 김귀달 도사님께 물어 수명 연장 복 받으세.

자식 앞길 열어 사람에 허탈감 하루빨리 없애고 부귀영화 창생하세, 만드세.

만세 만세 만만세. 대한민국 길이길이 빛내세. 인생 낙원 만드세.

한국 국민으로 내 앞길 내가 닦아 길이길이 행복하게 잘사는 생활로 만민 구하세.

꽃 피고 새 울고 춘삼월이 오면 내 마음 부처 마음 되어 부처님 만나는 천국, 극락 들어가는 정문 찾아보소.

믿음에 물들지 않고 만 가지 장사와 만 가지 고생으로 아리랑 고개를 잘 넘어왔구나.

부처 신이신 창조주께서 만든 상좌 김귀달은 만법을 깨달아 만민을 기다리고 있네.

어서 가세, 바삐 가세, 일 분 일 초가 시급하오.

복 타세, 명 타세. 지혜를 받고 가정 화목하여 나라에 충성하자.

2011년 2월 14일 새벽 4시경

창조주님 상좌 書

* 경전을 전수받은 주인공 김귀달
복 받는 이치와 영생의 비결 경전

미륵불 창조주신 부처하나님 아버지

아비는 자식을 잃고, 자식은 아비를 버린 격

가짜가 없는 진짜는 없다

삼위일체와 삼신일체 말세주인공 출현

마음과 마음의 합일시대

정직 바른말 교훈

공자와 삼대 성현 석가, 예수, 요한계시록, 세 상좌 세 사람

믿음의 대백과사전 「창조주 미륵부처」 참고

성현들께서 팔만대장경, 성경, 요한계시록, 격암유록 안에 세 성인 발자취를 콕콕 집어넣었습니다.

제1부

믿음 종교의 근원 창조주 신神 하나 미륵불님

현 지구상에 존재하는 모든 믿음과 종교는 창조주 신神 하나 미륵불님으로부터 비롯되었고, 현 지구상에 존재하는 모든 믿음과 종교에서 사용하고 있는 칭호, 즉 창조주, 신神, 부처님, 천제天帝, 상제上帝 등은 같은 분이며, 불교에서 부처님으로 받들고 있는 석가와 기독교에서 창조주로 받들고 있는 예수는 부처님도 창조주도 아닌 창조주 신神 하나 미륵불님의 과거 상좌로서, 현세에 출현해 계신 주인공 삼존여래를 나타내기 위하여 『팔만대장경』과 『요한계시록』을 현세에 전하는 역할을 한 분들일 뿐이다.

창조주 신神 하나 미륵불님께서는 과거 석가세존과 예수를 상좌로 삼아 그들에게 불법지침서 『팔만대장경』과 성경의 『요한계시록』을 전수 및 현세에 전하게 하시었으며 또 상기 예언서의 주인공 삼존여래(천존여래, 지존여래, 인존여래)를 출현시켜 상기 예언서 예언 내용 그대로 살게 함으로써 창조주 신神 하나 미륵불님께서 존재하신다는 사실, 부처님이 곧 신神이고, 부처님이 곧 창조주라는 사실, 인류 인간에게 복福 주시는 분은 창조주 신神 하나 미륵불님이라는 사실 등을 인류 만민 누구나 조금의 관심을 가지면 능히 알 수 있고 또 인증할 수 있도록 증거 자료를 세우신 것이다.

인류 역사의 장대한 시간 동안 진행되어 온 창조주 신神 하나 미륵불님의 대역사는 오로지 인류 인간을 구원하시고자 하는 창조주 신神 하나 미륵불님의 대자대비한 마음에서 비롯된 것이다.

이와 같이 창조주 신神 하나 미륵불님께서 장구한 시간에 걸쳐 석가세존과 예수를 통하여 불법지침서 『팔만대장경』과 성경의 『요한계시록』을 전수한 후 상기 예언서의 주인공 삼존여래(천존여래, 지존여래, 인존여래)를 출현시켜 예언 내용과 동일한 삶을 살게 함으로써 증거 자료를 만드신 까닭은 현 지구상에 생존하고 있는 모든 사람들이 부모인 창조주 신神 하나 미륵불님을 찾아 귀의하라는 메시지가 아니겠는가!

그럼에도 불구하고 불교, 기독교를 운운하면서 석가, 예수를 거론하여 창조주 신神 하나 미륵불님의 대의를 그르칠 것인가?

이 모두는 본 종합문화교육관 지존여래 백운도주님(삼존여래 대표)의 피눈물 나는 고행과 인류를 위한 거룩한 희생으로 밝혀진 것이므로 본 소식을 접하는 사람은 촌각도 지체 말고 창조주 신神 하나 미륵불님과 삼존여래를 친견하라.

❀ 창조주 신神 하나 미륵부처님의 믿음 역사 자료실 및 박물관

창조주 신神 하나 미륵불님의 역사 자료실 및 박물관은 지구상의 모든 믿음 종교의 근원인 창조주 신神 하나 미륵 부처님의 형상이 봉안되어 있는 곳이고, 인류 인간의 역사 동안 몰랐던 믿음 종교 역사의 과정을 밝힐 수 있는 소중한 자료가 전시되어 있는 곳이다.

창조주 신神 하나 미륵부처님은 인류 구원을 위한 계획도에 따라 과거 상좌인 석가세존과 예수에게 각각 전수하신 불법지침서 『팔만대장경』과 성경의 『요한계시록』의 내용을 현세에 출현해 계신 현재 상좌 삼존여래의 인생 여정에 모두 담아냄으로써 본 소식을 접하는 사람이면 누구나 지구상에 난립해 있는 모든 믿음 종교가 창조주 신神 하나 미륵부처님으로부터 비롯되었다는 사실을 알 수 있도록 하시었다.

또 창조주 신神 하나 미륵부처님께서는 과거 상좌였던 석가세존과 예수를 통하여 예언을 남기고, 현재 상좌인 삼존여래를 출현시켜 그 예언 내용 그대로 실행에 옮기게 함으로써 창조주 신神 하나 미륵부처님께서 존재하신다는 사실과 그분께서 인류 역사 동안 인류 인간을 보살펴왔고, 또 보살핌을 내리고 계신다는 사실을 증명하신 것이다.

이와 같이 상기 창조주 신神 하나 미륵불님의 역사 자료실 및 박물관에는 삼존여래의 고행으로 봉안된 석조 창조주 신神 하나 미륵불님 입상 및 좌상이 봉안되어 있고, 약 3천 년의 불법지침서 『팔만대장경』과 약 2천 년의 성경의『요한계시록』, 그리고 약 5백 년의 『격암유록』 등 유불선을 종횡으로 꿰뚫는 믿음 종교의 역사가 그대로 전시되어 있다.

특히 석조 창조주 신神 하나 미륵불님 입상 및 좌상은 삼단으로 된 육각좌대 위에 창조주 신神 하나 미륵불님의 모습을 봉안하였는데, 이 같은 사실을 성경의 『요한계시록』에는 '열두 기초석' 으로 기록하고 있다.

이는 창조주 신神 하나 미륵불님과 삼존여래, 즉 네 분이 합심 노력하여 상기 석조 창조주 신神 하나 미륵불님 입상 및 좌상을 봉안한 것임을 밝힌 것이고, 상기 창조주 신神 하나 미륵불님의 역사 자료실 및 박물관은 경남 의령군 정곡면 적곡리 210-19번지에 소재하는데, 이곳은 예언서 『격암유록』에 '半月地(반월지)' 로 기록된 곳이자 삼존여래 중 인존여래 청암도주님께서 탄생하신 곳이며 예언서 『격암유록』에는 이곳을 계룡국鷄龍國의 수도로 기록하고 있다.

따라서 본 소식을 접하는 분은 누구든지 본 창조주 신神 하나 미륵부처님의 역사 자료실 및 박물관을 방문하여 상기에 제시한 믿음 종교에 대한 각종 의문을 분명하고도 확실하게 이해한 후 더 이상 불교와 기독교가 다르지 않다는 사실과 석가와 예수가 부처님도 창조주도 아니라는 사실을 지구 온누리에 전하는 산 증인이 될 수 있기를 기대한다.

그리고 본 종합문화교육관 창조주 신神 하나 미륵부처님의 '참진리연구회' 에서는 지존여래 백운도주님(삼존여래 대표)의 주관으로 회원을 모집하고 있으니, 생불生佛을 친견하시고, 참진리 연구를 통하여 자신 또한 창조주 신神 하나 미륵부처님과 합일合一된 생불임을 확인하시기 바란다. (문의처 : 010-2537-1399)

❀ 진리 및 진실 탐방

• 창조주 신神 하나 부처님은 인간을 창조하신 분이므로 인간의 부모님 격이다.

• 창조주 신神 하나 부처님은 인간의 부모님 격이므로 인류 역사 동안 인간을 보살피는 복을 내려오셨고, 또 지금 이 시간에도 그 보살핌은 계속되고 있다.

• 현 지구상에 생존해 있는 모든 인간은 창조주 신神 하나 부처님과 합일合一되어 있으므로 생불生佛이다. 그러나 석가세존과 예수는 현재 존재하지 않는 분들이므로 생불도 신神의 자식도 아니다.

• 창조주 신神 하나 부처님은 살아 있는 사람이어야 합일合一할 수 있고, 살아 있는 사람만이 신神의 자식이다.

• 창조주 신神 하나 부처님은 형체가 없으므로 인간의 육안으로는 볼 수 없다. 그러나 기氣의 형태로 만물과 합일合一하여 계시므로 창조주 신神 하나 부처님은 우주 자체이다.

• 종교宗教는 자의적 의미로 최고 높은 분, 즉 창조주 신神 하나 부처님의 가르침이라는 의미이고, 믿음은 인간과 합일合一하여 계시지만 인간의 육안으로 보이지 않는 창조주 신神 하나

부처님의 가르침을 믿고 따르며 지키는 것이 어렵기 때문에 생겨난 단어이다.

- 석가모니와 예수는 창조주 신神 하나 부처님께서 계획하신 인류 구원의 대역사를 위해 창조주 신神 하나 부처님께 선택된 창조주 신神 하나 부처님의 과거 상좌일 뿐 그들이 부처님도 창조주도 아니다.

- 석가모니와 예수는 창조주 신神 하나 부처님으로부터 전수받은 불법지침서 『팔만대장경』과 성경의 『요한계시록』을 현세 상좌인 삼존여래께서 출현하시기까지 천지 대역사의 중간 역할을 하신 분들이다.
  이를 반대로 말하면 창조주 신神 하나 부처님의 현세 상좌 삼존여래는 석가모니와 예수를 사다리 삼아 창조주 신神 하나 부처님의 대도大道를 완성하고 인류 구원의 증거 자료를 마련하신 것이다.

- 상기 언급한 바와 같이 창조주 신神 하나 부처님께서는 도탄에 빠진 인류를 구원하기 위해 천지 대역사를 진행하신 것이고, 인류 만민에게 제시할 증거 자료를 만들기 위해 과거 상좌인 석가모니와 예수를 내세워 불법지침서 『팔만대장경』과 성경의 『요한계시록』을 전했고, 상기 예언서의 주인공 삼존여래를 출현시켜 증거 자료를 마무리하신 것인데, 이러한 사실을 모르고 현 지구상에 난립한 종교단체가 단지 돈벌이에만 연연하여 창

조주 신神 하나 부처님의 앞길을 막는 것은, 온 인류의 부모인 창조주 신神 하나 부처님에 대한 불효이자 참을 수도 용서할 수도 없는 대죄大罪인 동시에 인류의 불행을 자초하는 무지막지한 행위이므로 현 지구상에 난립해 있는 모든 믿음 종교는 즉각 하나로 통일되어야 하는 것이 마땅하다.

• 창조주 신神 하나 부처님께서 석가모니와 예수를 통하여 예언하고 삼존여래를 통하여 믿음 종교가 창조주 신神 하나 부처님으로부터 비롯되었다는 사실을 온 천하에 밝혔음에도 불구하고 석가모니를 부처님으로, 또 예수를 창조주로 삿된 법을 가르치고 또 따르는 행위 자체가 창조주 신神 하나 부처님의 앞길을 막는 행위임을 지구상에 난립하고 있는 각 믿음 종교단체 수장과 그 추종자들은 모르고 있다.

더 위험한 것은 창조주 신神 하나 부처님께서 부득이한 경우 그들 모두를 쭉정이로 분류하는 방안구제를 행하신다는 사실을 모르고 있다는 것이다.

자신들이 백척간두의 위험에 처해 있으면서도 자신의 위험을 예견하지 못하고 있다는 사실이 더욱 위험하다는 사실을 직시할 때이다.

• 인간은 창조주 신神 하나 부처님에 의해 창조된 피조물被造物이다. 그러므로 흑인이든 백인이든 황색인이든 현 지구상에 생존해 있는 모든 인간은 한 혈육이요 형제자매이다.

- 창조주 신神 하나 부처님께서는 살아 있는 인간과 합일合一하여 계시면서 인간에게 끊임없이 지혜를 주시는 분이므로 위없는 스승, 즉 무상사無上師이시다.

- 인간이 살아가면서 좋은 일 궂은일을 모두 겪지만 인간사 모두가 창조주 신神 하나 부처님의 법력에 의해 살아가고 있음을 알고 인증할 수 있다면 그 사람은 이미 진정한 생불生佛이요 진정한 십승인十勝人이다.

- 생불生佛이란 살아 있는 자신이 창조주 신神 하나 부처님과 합일合一되어 있으므로 생겨난 단어이나 진정한 생불生佛은 자신과 합일合一하여 계신 창조주 신神 하나 부처님의 가르침을 통하여 창조주 신神 하나 부처님이 자신과 합일合一하여 계시면서 끊임없이 가르침을 내리고 계신다는 사실을 인증하고, 그 가르침을 온전히 행하는 사람이다.
  또 진정한 생불生佛이 많이 배출되어야만 지상선국 건설이 앞당겨진다.

- 석가모니, 예수 그리고 삼존여래를 출현시켜 인류 만민에게 제시할 증거 자료는 이미 준비되어 각 언론과 해당 종교 믿음단체 등에 전해졌으므로 그 나머지 몫은 현재까지도 각성의 기미를 보이지 않는 각 종교단체의 것임을 명심하라.

- 창조주 신神 하나 부처님의 대도大道를 주관하고 계시는 지존

여래 백운도주님(삼존여래 대표)은 인류 구원을 위해 모진 고통과 모진 풍파를 헤치고 현 지구상에 난립해 있는 각 믿음 종교 수장 및 세계 만민을 기다리고 계신다.

- 예언서 『격암유록』에 "비방을 받는 여래, 비방을 하는 여래"로 기록된 당사자 지존여래 백운도주 金貴達(김귀달)은 인간의 죄罪를 풀어줄 사명을 가지고 태어난 분이자 창조주 신神 하나 부처님의 가르침을 인류 만민에게 전달할 수 있는 지구촌 유일의 보배 같은 존재이므로 그분을 친견하는 것이 인간사 무엇보다 시급한 일이다.

- 창조주 신神 하나 부처님께서는 석가세존, 예수 그리고 삼존여래를 통하여 믿음 종교의 역사를 밝힘으로써 인류 만민에게 제시할 증거 자료를 공개했음에도 불구하고 현 지구촌에는 각 믿음 종교단체가 난립하고 있고, 또 과거 상좌였던 석가모니와 예수가 각각 부처님과 창조주로 추앙받고 있는 현실 때문에 한恨이 되었고, 현 실태를 바로잡는 것이 원임을 재차 삼차 밝히고 계신다.
  믿음 종교가 창조주 신神 하나 부처님으로부터 비롯된 것이기에 하나로 통일되는 것이 마땅하나 각 믿음 종교단체 수장들의 삿된 욕심과 그 추종자들의 어리석음으로 현재까지 연장되고 있는 추태는 어떠한 이유로도 변명할 수 없는 대죄大罪임을 다시 한 번 밝히는 바이다.

- 창조주 신神 하나 부처님께서는 지금 이 시간에도 지존여래 백운도주님(삼존여래 대표)에게 심부름을 시키고 계시고, 또한 자신과 합일合一하여 계신 창조주 신神 하나 부처님께서는 지금 이 시간에도 자신에게 가르침을 내리고 계시니, 창조주 신神 하나 부처님의 가르침에 집중하라.

- 창조주 신神 하나 부처님과 지존여래 백운도주님(삼존여래 대표)은 인류 만민에게 제시할 증거 자료를 만들기 위해 고행할 때부터 예정된 행보가 있고, 그 행보는 지금 현재 진행 중에 있으니, 이것이 종교 멸망임을 알라.

- 그러므로 현 지구촌에 난립해 있는 종교단체의 수장들과 그 추종자들은 창조주 신神 하나 부처님과 지존여래 백운도주님(삼존여래 대표)을 친견하는 일이 촌각을 다투는 사안임을 명심하라.

- 이는 믿음 종교단체에 국한되지 않은 일반 세계 만민 또한 동일한 이치이니, "창조주 신神 하나 부처님과 지존여래 백운도주님(삼존여래 대표)의 뜻을 따르는 자만이 한결같고 온전한 마음으로 바른 진리를 찾을 수 있다."는 사실을 명심 또 명심하라. 그 이유는 창조주 신神 하나 부처님께서 바로 가는 진리 해법과 새로운 여정으로 믿음 종교와 인간 마음을 똑바로 이끌 것이기 때문이다.

- 정도正道만을 행하시는 원용수달님께서는 지금부터 한 치 오차 없는 진리를 바탕으로 방안제도 할 것임을 선포하노라.

- 그리하여 이제 인류 구원의 천지 대역사를 마무리 짓고 새 세상을 열겠노라.

- 남의 주인공 제치고 바른 주인공을 찾지 못하는 믿음 진리는 멸망이고 마음 검은 여의주는 없앨 것임을 또한 온 지구촌에 전하노라.

- 그러므로 진주 망경동, 의령 정곡 적곡리 반월지半月地, 그리고 부산 경마장에서 각각 태어나 세상 으뜸의 신神이 되신 원용수달님을 빨리 찾아 소원성취所願成就 및 성불成佛하라 하노라.

- 믿음 진리의 주인공을 모르면 이치를 전부 모르는 것과 같으므로 한순간에 무너질 것이다.

- 아무리 이스라엘 도道와 인도 도道를 찬양하지만 한국에서 태어난 창조주 신神 하나 부처님의 현세 상좌 지존여래(삼존여래 대표)가 진행하고 있는 이 법은 이미 수천 년 전에 예정된 법이자 참법이므로, 이스라엘 도道와 인도 도道는 무너질 것이며 대한민국은 이 법으로 빛날 것이며 역사가 바뀔 것이다.

- 이 도道는 진리이고, 세계 만민이 한 진리, 한 부모, 한 선생님

의 제자가 되어 새로운 진리를 찾게 될 것이므로 더 이상 믿음을 우왕좌왕 갖고 노는 자가 없을 것이다.

• "내가 하나님 내가 상제다."하는 사람은 수명을 가지고 있을 수 없다.

• 오직 창조주 신神 하나 부처님을 알리는 사람만이 진정한 심부름꾼이자 진실한 사명을 받은 자이며 생명책임을 알라. 감사한 역경으로 펼친 해법 꼭 이루어질 것이다.

• 천당 극락은 이승뿐이다. 하지만 현실에 걱정과 근심, 애로가 지옥이다.

❀ 창조주 신神 하나 부처님의 진리와 기존 믿음 종교의 교리

창조주 신神 하나 부처님께서는 약 1억 년 전에 현세의 인류가 멸망에 이를 것임을 예견하고 인류 구원을 위한 원대한 계획을 세우셨다.

그 계획은 앞서 언급한 바와 같이 과거 상좌인 석가세존과 예수에게 불법지침서 『팔만대장경』과 성경의 『요한계시록』을 전수한 후 상기 예언서의 주인공이자 현세의 상좌인 삼존여래를 출현시켜 그들로 하여금 상기 예언서의 예언 내용 그대로 행하게 함으로써 인간의 육안으로 보이지는 않지만 분명 창조주 신神 하나 부처님께서 존재하신다는 사실, 창조주 신神 하나 부처님은 인간과 합일合一하여 계시면서 끊임없이 가르침을 내리고 계신다는 사실, 창조주 신神 하나 부처님과 인간은 부모와 자식의 혈연관계라는 사실 등의 증거 자료를 만들고, 그 증거 자료를 세계 인류 만민에게 제시함으로써 만 중생들을 구원하고자 하신 것이다.

이러한 창조주 신神 하나 부처님의 인류 구원을 위한 대역사는 불법지침서 『팔만대장경』을 기준으로 얼핏 약 3천 년이 넘는 장구한 시간 동안 진행되어 왔는데, 창조주 신神 하나 부처님의 인류를 구원하시고자 하는 의도와는 달리 인류 인간의 무식無識으로 창조주 신神 하나 부처님과 삼존여래를 잇는 사다리 역할의 석가세존과 예수를 각각 부처님과 창조주로 우상화하는 우를 범한 것이고, 더 나아가 믿음 종교를 치부의 수단으로 이용하는 파렴치한 행각을 이어가고 있다.

뿐만 아니라 신神을 우상화한 각종 믿음 종교단체, 부처님을 우상화한 각종 믿음 종교단체, 천제天帝 및 상제上帝 등을 우상화한 각 믿음 종교단체가 비가 온 후 대나무 순이 자라나듯 생겨나 믿음 종교단체 간에 혹은 그 이하 종파 간에 이해관계가 엇갈려 미간을 찌푸리게 하는 사건들을 연일 접하고 있는 현실이다.

이것이 대체 어떻게 된 일인가?

인류 인간의 자멸을 예견하여 멸망을 막고자 하시는 분, 지금 현재도 지구상에 생존해 있는 모든 사람과 합일合一하여 계시면서 가르침을 내리고 계시는 분, 말세에 인간의 삶이 걱정과 근심의 연속이기에 그 삶을 벗어나게 하려고 부단히 애쓰시는 분, 기암절벽 위에 풀 한 포기도 우주처럼 사랑하시는 분, 진짜 주인공인 창조주 신神 하나 부처님은 뒷전이고 현재 존재하지도 않는, 그리고 인류 인간에게 복福을 주지도 줄 수도 없는 석가와 예수를 각각 부처님과 창조주로 우상화하여 믿음 종교를 돈벌이 수단으로 이용하고 있는 현실은 참으로 할 말을 잊게 한다.

그리고 상기 믿음 종교의 수장들과 지도층은 그와 같다 할지라도 그들이 우상화한 분과 그들의 가르침을 믿고 행하는 신도들을 생각하면 더욱 할 말을 잊는다.

그들은 자신의 삶에 생겨난 각종 애로를 해결하고자 갖은 정성으로 신앙 행위를 행하지만 실상 그 신도들 역시 석가도 예수도 아닌 창조주 신神 하나 부처님으로부터 복福을 받고 있다는 엄연한 사실을 생각하면 더더욱 그러하다.

❀ 유불선을 종횡으로 꿰뚫는 창조주 신神 하나 부처님의 대도大道

서기 1989년 음력 6월 28일 창조주 신神 하나 부처님의 현세 상좌인 삼존여래의 고행으로 창조주 신神 하나 부처님의 대도가 완성된 이래 오늘에 이르기까지 지존여래 백운도주님(삼존여래 대표)은 인류 만민을 구원할 자료를 발췌하던 중 불법지침서 『팔만대장경』에 기록된 '부처님'과 성경의 『요한계시록』에 기록된 '창조주' 그리고 남사고의 『격암유록』에 기록된 '正道靈(정도령)'이 각각 다른 분이 아니라 같은 분, 즉 한 분임을 알게 되었다.

이와 같은 사실은 상기 불법지침서 『팔만대장경』, 성경의 『요한계시록』, 『격암유록』이 모두 삼존여래의 이력을 기록한 내용들이기 때문에 밝혀진 것인데 부처님, 창조주 신神, 正道靈(정도령)이 각각 다른 분이 아니라 같은 분이라는 사실은 지구상에 난립해 있는 모든 믿음 종교는 창조주 신神 하나 부처님으로부터 비롯되었다는 것을 증명하는 것이고, 불법지침서 『팔만대장경』과 성경의 『요한계시록』은 석가세존과 예수가 창조주 신神 하나 부처님으로부터 전수받았다는 사실을 증명하는 것이며, 본 종합문화교육관의 삼존여래는 이미 수억 년 전에 창조주 신神 하나 부처님의 현세 상좌이자 마지막 일꾼으로 예정되어 있었음을 증명하는 것이다.

그러므로 석가세존과 예수는 부처님도 창조주 신神도 아니다. 단지 창조주 신神 하나 부처님과 마지막 일꾼 삼존여래를 이어주는 사명을 완수한 창조주 신神 하나 부처님의 과거 상좌이자 현 인류의 선조격에 해당하는 분들일 뿐이다.

❀ 환생還生과 부활復活

현 불교계와 기독교계에서는 불법지침서 『팔만대장경』과 성경의 『요한계시록』의 주인공이 석가세존과 예수인 것으로 가르치고 있고, 신도信徒들은 그들의 가르침을 따라 석가세존과 예수가 환생하고 또 부활하기를 고대하고 있다.

실제 기독교의 어떤 단체는 예수 재림을 예정하고, 신도들이 전 재산을 정리하여 약속된 장소로 피난 아닌 피난을 하는 웃지 못할 소동을 벌인 예도 있다.

이러한 사실에 대하여 창조주 신神 하나 부처님께서는 "언제 오고 언제 또 오노?"라고 반문하신다.

창조주 신神 하나 부처님께서 왜 그렇게 반문하신 것인가?

그 답은 지존여래 백운도주님(삼존여래 대표)께서 창조주 신神 하나 부처님의 대도大道를 완성하시면서 밝히신 진리 중 "인간 사후에 혼령이 없다."라는 명제에 있다.
현 지구상에 난립하고 있는 각 믿음 종교단체의 공통된 특징 중 하나는 인간의 사후세계를 인정하고 있다는 것이고, 약방의 감초처럼 이 사후세계를 빌미로 선량한 신도信徒들을 기만하고 있는데, 본 종합문화교육관의 삼존여래께서 제시하신 상기 진리 "인간 사후에 혼령이 없다."라는 명제는 인간이 죽으면 혼령이 없기 때문에

서방정토, 극락, 천당, 천상세계, 지옥 등 별도의 사후세계가 존재하지 않는다는 사실을 밝힌 것이므로 삼존여래께서 밝히신 이러한 진리에 현 지구상에 난립해 있는 각 믿음 종교단체의 가르침을 비추어 보면 각 믿음 종교단체의 수장과 그 신도들의 행위 자체가 창조주 신神 하나 부처님께 얼마나 대죄大罪를 짓고 있는 것인지를 가늠할 수 있다.

그렇다면 불법지침서 『팔만대장경』과 성경의 『요한계시록』에 기록된 환생還生과 부활復活은 어떤 의미인가?

그것은 현세의 삼존여래가 창조주 신神 하나 부처님의 현세 상좌로서 신인합일神人合一 및 동시동작同時動作하는 것을 비밀리에 감추어 표기한 것이다.

그래서 성경의 『요한계시록』에 부활을 기록하면서 그 부활자 명단에 창조주 신神 하나 부처님과 삼존여래만 기록하고 예수는 기록되어 있지 않은 것이다.

또 이러한 환생과 부활의 의미는 삼존여래께서 대도大道 완성으로 밝히신 진리 중 "창조주 신神 하나 부처님께서는 지구촌에 살아있는 모든 인간과 합일合一하여 계신다."는 명제와도 일치하는 부분이다.

❀ 윤회輪回

마지막 일꾼인 삼존여래께서 밝히신 진리 중 "인간 사후에 혼령이 없다."라는 명제가 있으니 앞서 언급한 바와 같이 서방정토, 천상세계, 극락, 천당, 지옥 등 사후세계는 존재하지 않는 것이고 윤회 또한 그 연장선상에서 나온 단어이니 더 언급할 이유가 없다.

그러나 자신의 각 행위에 대한 윤회는 존재한다. 그것은 자신이 선행을 하면 선업善業에 대한 복福을 받는 것이고, 자신이 악행惡行을 하면 악업惡業에 대한 벌을 받는 것이므로 인간 사후에 혼령이 없으니 생사生死의 윤회는 없는 것이 맞지만, 자신이 행한 행위에 대한 업보業報에는 윤회가 존재한다는 의미이다.

이는 대도 완성으로 삼존여래께서 밝히신 진리 중 "창조주 신神 하나 부처님께서는 인간 각각의 일거수일투족을 보고 듣고 계신다."는 명제가 참임을 증명하는 것이다.

가령 어떤 이가 어떤 선행을 행했다면 그 사람의 선업善業에 대한 업보業報로 창조주 신神 하나 부처님께서 선행을 한 당사자나 그 당사자의 후손에게 복福을 내리시는 것이고, 반대로 악행을 했다면 악업惡業에 대한 업보業報로 악행을 행한 당사자나 그 후손이 창조주 신神 하나 부처님으로부터 벌을 받는 것이다.

이러한 업業과 보報에 대한 사실은 창조주 신神 하나 부처님께서 인간 각각의 행위를 보고 듣고 계실 때만 실현가능한 것이므로 상기 "창조주 신神 하나 부처님께서는 인간 각각의 일거수일투족을 보고 듣고 계신다."라는 명제는 참이다.

❀ 불법지침서 『팔만대장경』

대한민국 해인사에는 세계문화유산(UNESCO)에 등재된 『팔만대장경』이 있다.

앞서 언급한 바와 같이 불법지침서 『팔만대장경』은 창조주 신神 하나 부처님께서 과거 상좌인 석가세존에게 전수하신 것이고, 그 예언 기록의 주인공은 창조주 신神 하나 부처님의 마지막 상좌 삼존여래이시다.

이러한 역사를 담고 있는 『팔만대장경』이 한국에 전래되어 해인사에 보존된 까닭은 한국 사람으로 탄생하신 삼존여래가 한국 땅에서 창조주 신神 하나 부처님의 대도大道를 완성하고 펼쳐서 인도 도道와 이스라엘 도道를 무너뜨리고 대한민국을 빛낼 것이기 때문에 대한민국 역사 중에 판각을 하고 또 세계문화유산(UNESCO)에 등재된 것으로 안다.

그런데 대한민국에 『팔만대장경』이 있다는 사실과 세계문화유산(UNESCO)에 등재된 사실만 자랑할 뿐 그 누구도 『팔만대장경』의 주인공을 밝히려 하지 않고 있다.

현 대한불교 조계종 역경편찬위원회에서 발간한 『한글대장경』은 불법지침서 『팔만대장경』의 주인공이 석가세존으로 풀이하고 있어 진정한 옥석을 분별할 수 있는 노력이 뒤따라야 한다.

또 상기 불법지침서 『팔만대장경』을 소장하고 있는 해인사 역시 사찰의 온 역량을 다 기울여서라도 상기 불법지침서 『팔만대장경』의 주인공이 석가세존이 아니라 본 종합문화교육관의 삼존여래임을 재규명해 줄 것을 촉구한다.

❀ 신神의 세계

현 무속인의 세계를 돌아보면 4대 할머니 조상신, 조왕신, 성주신, 화장실신, 목신, 터신, 성황대신, 바다 용왕신, 명신선녀 등 수많은 신神들이 존재하는 것을 부정할 수 없다.

또 이들 무속인들이 손님을 맞아 건네는 "우리 신장이 최고", "친정과 시가의 조상 혼령 천도", '지리산 도사', '백두산 도사' 등등의 말들은 철지난 옷과 같은 옛말이 되었다.

왜냐하면 본 종합문화교육관 삼존여래께서 창조주 신神 하나 부처님의 대도大道를 완성하시면서 밝히신 진리에 따르면 만신萬神이 존재하는 것이 아니라 유일신인 창조주 신神 하나 부처님께서 만신萬神의 대리역할을 하신 것임이 밝혀졌기 때문이다.

각 종교단체 수장들과 그 신도들은 이러한 사실들을 명확히 알고 사기 행각과 어리석은 신앙행위를 즉각 중단하고 창조주 신神 하나 부처님과 지존여래(삼존여래 대표)를 친견하라.

그리하여 창조주 신神 하나 부처님의 지혜, 표적, 텔레파시, 현몽 등의 가르침을 받으면 상기에 소개한 내용들이 모두 참임을 몸소 체득할 수 있을 것이니, 이러한 깨우침을 바탕으로 창조주 신神 하나 부처님의 가르침을 실행에 옮기는 동시에 창조주 신神 하나 부처님의 십승 소식을 자신의 주위에 알리면 자신은 물론이고 자신의 주위 또한 믿음 종교로 인하여 더 이상 고통 받지 않을 것이며 부처님 마음으로 참신한 삶을 살아갈 수 있으니 이것이 지상낙원이다.

동녘에 해 떴으니 너와 내가 손잡고 지상낙원 건설하고, 신선시대 앞당기자.

제2부

미륵불과 삼존여래의 천지공사 증언록

❀ 천지공사와 모정

눈물 흐른 4남매를 위하지 못한 채 그저 천지공사 돈 결국 완성

우주를 한 바퀴 돌면서 100번 넘게 이사와 장사 그리고 거지로 떠돌면서 자식들에게 한을 남기고 아직도 천지공사에 몰두하는 두 번째 자서전 매정한 어머니(미륵 딸은 부처님과 함께 도道를 깨친 이야기)

엄마 노릇 제대로 못 하고 천지공사 4남매 순순히 따라준 아들딸에게 미안한 엄마 자서전

윤경숙 큰딸은 할머니, 동생 태호, 남숙, 태국이를 가정의 가장 노릇으로 다 키웠다.

외할머니 댁에 가서 열심히 장사와 바쁜 외할머니 곁에서 같이 자고 큰일을 하였다.

그때 나는 청암도주님을 통달할 일을 자리 잡고 있어야 할 때였다. 그때 전용식, 전범수, 전혜진 세 사람을 받들어 살려야 했다. 미륵불과 전용식 신인합일神人合一하셔야 서로 의사소통을 하실 자리를 만들어야 했기 때문이다.

시가 급하고 때가 급했다. 지금 생각하니 급했다. 남편은 죽고 두 번째 남편을 만날 때가 시급했다.

범수 11세 때 천지공사 시작을 알려야 했다.

2014년 12월 14일 두 번째 자서전을 쓰게 되었다.

68년 동안 자식을 제대로 키우지 못한 엄마가 해야 할 도리를 제대로 못한 마음이 머리로 가슴으로 내리치는 아픔이 치솟아 올라 글로써나마 사죄해야 마음이 풀릴 것 같았다.

이 글을 쓰고 있노라니 얼마 전 수술했던 위장도 같이 받드는지 조용했다. 천지공사는 말 그대로 천지 구석구석을 돌아다녀야 하고 빠짐없이 다 찾아야 하며 궂은일 좋은 일 마다 않고 시시때때로 실천해 실행에 옮겨야 했다.

전지전능하시며 대자대비 거룩하신 부처님 저희들을 지상낙원으로 사람사람이 바로 되어 대한민국의 진도를 알리는 한 사람으로 오리지널 도, 생활의 도, 알찬 명확한 도, 진정한 도, 힘들지 않는 신인합일 된 도, 세상을 정화하는 도, 세상을 바로 세우는 도, 참인간을 만드는 도, 사람이 훌륭하고 참사람이 되는 도, 웃어도 울어도 같은 마음 슬픈 도, 참는 도, 억울해도 참는 도, 역겨워도 고달파도 참는 도, 힘들어도 참는 도, 못나도 잘나도 차별 없는 도, 있어도 없어도 차별 없는 도, 불행해도 행복해도 차별 없는 도, 거짓말 참말 구별하는 도, 참법 진법의 도, 허물하지 않는 도, 이치를 알고 논하는 도, 인간을 차별하지 않는 도, 부모를 존경하는 도, 남의 가정을 파괴하지 않는 도, 겁날 것도 화날 것도 없는 도, 역겨워도 고달파도 참는 도, 아파도 외로워도 참는 도, 욕심이 나도 질투가 나지 않는 도, 가슴에 한을 품어도 내뿜지 않는 도, 묵묵부답으로 참고 해낸 도, 모진 고통 모진 풍파 이겨낸 도, 불행과 행복을 모르는 도, 억울해도 목숨을 걸다시피 해낸 도, 시작부터 마지막까지 해낸 도를 지구촌 곳곳까지 전파할 수 있게 해주시옵소서!!!

❀ 전지전능하신 미륵불 천도 만도를 알리는 진정한 메시지

김귀달께서는 34년 동안 68세 현 나이로써 미륵불님의 제자로서 인류 최초로 최상의 도를, 미륵불님의 도를 알립니다.

1억 년 전부터 수수께끼처럼 짜 옮겨 놓은 예언서의 주인공 메시지 『미륵딸』은 실명소설 자서전으로 김귀달님의 일대기로부터 책 10권을 발간하였다. 『미륵딸』, 『격암유록 상 · 하』, 『팔만대장경 속의 주인공 출현』, 『살아계신 창조주와 세 상좌 』, 『미륵여래출현경』, 『천지인 1호, 2호, 3호』, 『미륵딸 1부, 2부, 3부』, 『유불선 合 경전』, 『대예언서 속의 요한계시록』 등 책자 15권을 접하면 기를 받을 수 있다.

기란 창조주 신 하나 미륵불님의 신통력을 말한다. 신통력을 몸으로 받을 수 있다. 인간은 신의 능력과 기를 머리부터 발끝까지 받고 살아간다. 지혜를 받는다. 상대방의 텔레파시를 받을 수 있다. 이 뜻을 깨닫기까지 68년 걸렸다. 김귀달님의 시련이 많았다. 창조주 신 하나 미륵불께서 34년 동안 김귀달님과 미륵불님 합일하시어 일하셨고 또 전용식, 전범수 원용수달님 4분이서 함께 걷다시피 하셔서 만년 도를 이루었다.

김귀달은 초단계 미륵불 합일하셔서 "동녘에 해 떴다 광명 찾자!" 라는 외침과 동시에 미륵불께서 강림하시어 합일되셨다.

2차로 점을 7개월 동안만 보게 하셨다. 3차로 미륵불께서 지시와 말씀으로 세상 한 바퀴 돌면서 동서남북 곳곳에 다니면서 씨앗처럼 미륵불 말씀을 전단지와 책자를 통해 언론에 소개하였다.

신문 잡지에 넣기도 하고 2013년도부터 잡지사, 책, 취재기사 등등 15군데~20군데나 취재했다.

<불교세계>에도 7번, <중앙일보>, <조선일보>, <MBC> TV에 나간 적이 있다.

지금은 미국 라디오 방송에 『미륵딸』을 성우께서 극으로 읽고 있다. 제가 언론에 책을 넣기도 하고 사찰에도 큰 곳은 거의 넣은 적도 있다. 기독교에 넣기도 했다.

서울에 신문 전단지 10만 장을 넣기도 했다. 경주 황성공원에서 미륵불 출현을 알리는 행사가 있어 10만 장을 뿌렸다. 사소한 언론사를 통해 보도촬영 신문에도 넣어 알렸다.

여러 방향으로 미륵불님이 방향 제시하시는 대로 해내온 것이다. 봄에 씨를 뿌리고 가을에 거두는 사계절처럼 피나는 고행으로 지금이 순간에도 만 고행을 하고 있다. 김귀달, 전용식, 전범수 한 가족이 되어 아내와 남편, 부부, 자식이 되어 일해 왔다.

무엇 때문인가?

지명, 직업, 탄생지, 성품, 생김새가 기록되어 있으므로 피해 갈 수가 없었던 것이다. 미륵불께서 만든 사람이므로 석가, 단군, 예수, 요한, 남사고께서 쓰신 글 중에 창조주 신 하나 미륵불께서 과거에 만든 사람들에게 이미 세 사람이 할 일을 정하였기 때문에 창조주님께서는 애처롭게 여기고 몸에 칼을 대는 실행을 해야 했고, 지진이 일어나는 고행을 싸워서 이겨내야 했고, 일성일패로 싸움을 해서 깨닫고 궂은일은 다 해야 했고, 시장에 전진하면서 노점상을 채소, 과일, 생선 등 닥치는 대로 반찬, 김치, 양념, 식당 등등 만 가지를 실행을 하여야 했으며 연탄 직판도 해야 되었는데 이유가 있었다.

도를 펼치는 천지공사가 너무 힘들기 때문에 갖은 고행을 기본으로 해야 천지공사를 해내는 끈기와 인내심을 키워주신 것이다.

미륵불님 계책은 1억 년 전에 이미 단군 신앙 역사에 세 사람이 해내는 역사가 전해져 왔던 것이다. 한 사람만 해서는 천지공사가 진행되지 않기에 석가모니 왕자 이름 있는 사람을 뜻을 세우기 위해 세 사람을 내세우고 미륵불님 역사를 진행하도록 하셨다.

또한 그래도 부족하기 때문에 예수를 심부름 시켜 요한께서 100퍼센트 직업 일상생활을 등장시켰다. 그것도 세 사람이 태어나기도 몇 천 년 전에 직업, 성품, 탄생지, 지명, 성품, 생김새 창조주 신 하나 미륵불 성각 성전 세 사람 성각을 하신 것 3×4=12기초석이라 우상을 원용수달님 성각 성전을 세우게 하신 것은 처음 시작에 마지막 조짐이 확실하게 할 것을 5천 년 전에 계획을 하셨다.

인간 마음 말세가 오는 것이 강 건너 불 보듯 빤하기 때문임은 짐작이 간다.

창조주 신 하나 미륵불께서는 세상에 많은 믿음이 있다 해도 오로지 복 주시는 분이 누구인지 모르기 때문에 이렇게 깊숙이 파고 들어가게 우물처럼 수수께끼처럼 숨겨 놓았다.

주인공이 일을 다 하기 전에는 누설시키지 말라고 현 나이 68세 동안 어느 누구도 손을 못 대게 꽁꽁 묶어 놓았다.

그리고 성경 예수, 요한께서 영어로 주인공의 직업, 지명, 성품, 탄생지, 생김새, 반월지, 사평마을, 명사십리, 일수이수앵회지 등을 꼭꼭 숨겨 놓았다가 다 찾았다.

이것은 참진리 복 주시는 주인공을 찾기 위한 목적이다. 김귀달, 전용식, 전범수님의 지명, 탄생지, 성품, 직업, 생김새 이렇게까지 비밀리에 감추어둔 것은 믿음 진리 종교계에 탈을 씌워 사이비를 내세우기 때문이다.

복 주시는 분만 내세워 진리를 바로 서지 못하는 연고이기 때문이다. 복 주시는 분은 물 위에 기름처럼 띄워 놓고 이단들이 너나 할 것 없이 우리가 최고라는 단어를 달고 지옥, 천당, 극락, 천국을 내세우기를 운운하고 있지만 돈벌이에 급급한 스님 목사 등 너도 나도 일등 도사라고 잡아먹으려고 도사리고 독사 입으로 쏙쏙 들어가고 미꾸라지 투망에 쏙쏙 먹을 것이라도 있는 것처럼 함정에 빠져들고 있어 창조주 신 하나 미륵불은 어처구니가 없는 실정이니 글만 자꾸 쓰게 되었다.

하지만 34년간 심부름을 해놓은 비밀을 파헤쳐서 눈에 보여서 깨달을 때까지 해야 하지 않겠나?

이 뜻 아는 사람이 있기 때문에 미륵딸이 내 한을 풀어주기 때문이다. 오늘 쓰는 이유도 가짜 주인공 행세하는 미달된 믿음 때문에 창조주 신 하나 미륵부처님인 내가 한이 있어 꼭 내고 있잖아.(꼭 내어달라고 부탁하고 있잖아.)

성경 주인공, 불경 주인공, 무속 주인공, 우주 주인공, 진리 주인공, 신앙 주인공 역대 내려오는 법 하나로 미륵불 나를 알리면 만사가 형통하기에 이렇게 노고가 있다.

인류 만인들아!!!

대한의 딸이자 신딸 미륵딸 68세 현 나이토록 심부름한 귀달이를 찾아서 연도마다 일해 온 하나뿐인 복 주는 주인공 나를 알려다오.

옷으로 받은 사명 왕관, 매스컴, 한복, 대비복, 임금복, 박사복, 당의복, 분홍빛 사막에 오아시스와 같은 일을 하였다고 붙인 옷 이름.

이사는 100군데! 이상 하여 미륵 말씀 받고 백운산 백운사, 청암사 청룡도사, 천지도사 종합문화교육관 간판 부처님 집 이름도 여러 가지였다.

경남 의령군 정곡면 적곡리 210-19번지에 세운 뜻은 인류 최초로 세운 12기초석

세상에 처음 부처님께서 세 사람을 미륵불 일(심부름)에 동참하기를 촉구한다.

지혜와 텔레파시를 주시면 많은 사람이 찾는 밤이면 밤, 낮이면 낮으로 그렇게 매달리면서 찾고 우리 인간에게 단 1분도 떨어지면 안 되는 미륵불님입니다.

1997년도에 봉안하신 창조주 신 하나 미륵 형상은 봉안되었기에 미륵불 소망 이루어졌다고 했습니다.

❀ 창조주 미륵불께서 세상에 출현하신 뜻

복과 지혜 텔레파시 주시는 분은 한 분뿐이신데 만신의 대리 역할을 해왔다. 석가나 예수 생존 시에는 미륵불과 신인합일 되었기 때문에 창조주 신 하나 미륵불 상좌로서 그 역할을 하셨다.

그러나 사망하였기 때문에 존재하지 않는 분이 되었고, 현세에는 창조주 신 하나 미륵불께서 삼존여래와 합일하시어 계시는 것이 미륵불 부활이고 환생이다.

따라서 인간 사후에는 혼령이 없는 것이고 극락, 천당, 지옥, 천상세계, 서방정토는 존재하지 않는 허구이고 윤회도 없다.

복과 지혜는 창조주 신 하나 부처님께서 내려주시는데, 세상의 모든 믿음의 이중고를 없애고 마음의 울타리를 없애고 모두가 잘 사는 지상천국을 건설하기 위함이고, 인류 모두가 동참하여 창조주 신 하나 미륵불 뜻을 받드는 것이 마땅하다.

그 증거 자료로써 김귀달 주관 책 10권이 시중에 나와 있으므로 참고 바란다.

미륵불께서는 삼존여래에게 사명을 내리시기에 온누리에는 조상신 등의 만신이 존재하는 것이 아니고 미륵불 한 분만이 존재하신다는 사실을 알아야만 하고 믿음이 하나로 통합되며 종교 말세와 인간 마음 말세의 뿌리가 뽑힌다고 하명하셨음.

증인 - 삼신일체 - 삼위일체 종합문화교육관의 지존여래 김귀달 도사는 현재

1. 복은 어떤 분이 주시나? 어떤 분이신지?

2. 어떻게 해야 복 받을 수 있는지?

3. 사후세계가 있는가?
4. 혼령은 있는가?
5. 미륵불님의 우상을 세운 목적은 무엇인가? 신은 어떤 존재인가?
6. 악령 마귀가 존재하는가?
7. 오복을 받는 공부 말세에 종교 말세 진리가 흐트러져 우왕좌왕하는 까닭은 무엇인가?

등의 수많은 의문에 대하여 복음을 전파하고 있다.

여러 방법에 대하여 궁금하신 분께서는 많은 부탁하시기 바랍니다.

❀ 신의 형상을 세운 까닭과 존재 이유

믿음 존재를 합일시켜 울타리 없는 세상을 만들고 모두가 살기 좋은 지상선국을 만들기 위함이고, 세상 사람들을 호령하고 지혜 텔레파시를 주시는 창조주 신 하나 미륵불께서는 세 성인에게 천지공사 마무리 직무를 주셨습니다. 책 20권 미륵불님께서 주신 계시록 내역 참조바랍니다. 인류 역사입니다.

인류에 기쁨과 행운의 집 창조주 신 하나 미륵불님 성지순례 2000년 전 『요한계시록』의 미륵불님 계시 "동편에 세 문, 서편에 세 문, 남편에 세 문, 북편에 세 문"은 12기초석 정금으로 만든 우상. 1997년 12월 7일 미륵불님 입상 봉안, 2006년 목불 입상 봉안, 2007년 2월 25일 미륵불 좌상 봉안, 탱화 입상을 봉안하였습니다.

인류 인간은 한 핏줄이므로 동참하실 회원님 모십니다.

"너무 참법이 세워졌는데 다 모르니 창조주 신 미륵불께서 우주를 주관하시는 미륵불님 인간 생불시대 열어가게 도와주소서."

창조주 신 하나 미륵불님 봉안 성각 성전 봉안 성지순례

창조주 신 하나 부처님께서 계획하신 예언서의 성지이자 삼신일체 삼위일체로 합일하신 십승지 경남 의령군 정곡면 적곡리 210-19번지.

증거 인증서 『요한계시록』, 미륵불께서 선택하신 계시록 『격암유록』 남사고 계시록 한 가족인 세 성인께서 증표로 주신 미륵불 성지 성인의 탄생지.

안녕하십니까?

미륵불 말씀을 듣고 싶으시면 미륵불님과 동시동작하시는 미륵불께서 선택하신 김귀달님께서 오직 미륵불 말씀으로 천지공사를 통해 알곡을 구원하기 위해 쭉정이는 날리고 미륵불 구원처에 창조주 신 하나 미륵불을 세우고 미륵불 성전에 기도 도량을 1997년 12월 7일 봉안해서 오늘도 하나님 은혜에 이바지하고 계십니다.

미륵불님께서 1억 년 전부터 믿음을 하나로 통일하여 신의 뜻을 알려 믿음을 바로 서게 온전케 하여 하나님 구원처에서 사주팔자를 바꾸는 구원의 설교를 하시므로 듣기를 원하신다면 연락바랍니다.

하나님께서는 호칭이 20호나 됩니다. 010-2537-1399

인류 형제자매님 안녕하십니까?

하나님께 선택된 뜻을 알려드립니다.

특히 믿음에 대해 정확하게 아시고 싶은지요?

저 김귀달은 오로지 하나님과 여러분 인생을 위하여 68세가 되도록 하나님 은혜에 대한 뜻을 알리기 위해 하나님 심부름을 위해 오직 한 길만을 달려왔습니다.

하나님 사명 하나님께서 선택하신 김귀달은 바로 된 마음과 바로 된 믿음에 어긋나는 악한 마음 잡된 마음을 송두리째 뿌리 뽑는 종교를 세우고 오직 하나님의 말씀으로 하나님 성각을 세운 성전에 예언서의 주인공을 찾으시는 분을 초빙합니다.

믿음을 만든 이유와 믿는 이유에 대해 진리와 행복을 바로 전하는 복밭을 가꾸어드리겠습니다.

하나님께서는 한국인으로 한 가족 세 성인을 선택하시어 인도 도와 이스라엘 도에 물들지 않고 초월하셨습니다. 연락처 김귀달 010-2537-1399

창조주 – 인간을 창조 하나님 – 인류에 한 분뿐이신 – 신 조물주 유일신 – 합일된 한 분뿐이신 창조주 신의 호칭은 많지만 다 같은 호칭이고 신은 한 분뿐임.

창조주 부처 하나님께서 진리 역사를 하나로 통일할 시점.

김귀달께서 계시를 "동녘에 해 떴다 광명 찾자!" 세 성인께서는 창조주 신 하나 미륵불 출현으로 진리를 하나로 통일시킴에 선택되시어 모든 대중들로 하여금 무명에서 깨어나게 하고 복과 지혜 텔레파시 주시는 분을 알립니다.

진짜 종교 지도자임을 밝혀 상세하게 알립니다. 연구기관으로 참여하실 분은 아래로 연락주시면 가입 절차와 연구 분야 등에 관해 상세히 설명드리겠습니다.

창조주 뜻을 새겨서 온 세상에 만복과 부귀영화로 소망을 이루시기 바랍니다. 종합문화교육관 010-2537-1399

김귀달께서 만든 진리는 창조주 신 부처 하나님께 신인합일 되시어 많은 증표인 인증서를 만들었는데 책 『천지인 1호, 2호, 3호』, 『천지인』 2003년 10월호, 『미륵경』, 『미륵딸』 자서전, 『격암유록 상 · 하』, 『팔만대장경 속 주인공 출현』, 『미륵여래출현경』, 『살아계신 창조주와 세 상좌』, 『대도완성』, 『격암유록 1 · 2 · 3』, 『격암유록 속편』, 『미륵딸 1부, 2부, 3부』, 『유불선 合 경전』, 『대예언서 속의 요한계시록 육육육 정도령 출현』 등 20권, 노래 작사 작곡 미륵불께서 내린 김귀달에게 주신 지음, 신자 축원 녹음테이프, 천지공사 일한 테이프, 촬영 과정 대다수 미륵불 형상 입상 지구의를 들고 계심. 미륵불 형상 좌상 오른손, 가슴, 왼손은 중생을 향하여 법력을 주신다는 표현. 옳은 생각을 하면 복을 준다.

김귀달 신인합일 전단지 다수, 이사, 장사, 예언서, 삼존여래의 생김새, 성품, 직업, 지명, 탄생지 반월지 등 예언서 참조.

믿음을 믿으려면 어떤 분께 기도를 드려야 되는지, 어떤 분께서 지혜와 복을 주시는지, 신이 주시는지, 사람 말에 의해 주시는지, 바른 진리를 찾아야 되는데 신의 호칭은 많은데 5천 년 전부터 믿음이 내려오는데 숨겨 놓은 비서를 누가 다 찾을 수 있을까?

신인합일 된 세 성인께서 만드신 원융수달님 법만 찾으면 진리의 수수께끼는 오리지널 도 다 풀어 놓았는지라 의심하시지 말고 본인 마음 따라 김귀달께서 체험한 사례가 있으니 공부하여 건강, 수명, 지혜, 인덕, 재물, 부부 갈등, 직장, 자식 공부운, 직장 문제, 재물 관리 등등 궁금하신 분 연락바랍니다. 010-2537-1399

석조 창조주 신 입상 1997년 12월 7일 봉안.

창조주 신은 인류 인간에게 복 주시는 분이고, 창조주 신 하나 미륵불께서는 인간과 합일되어 있다는 진리와 주인공과 합일되어 있음을 전하기 위함입니다.

믿음 종교를 통합하여 마음의 울타리를 없애고 모두가 잘 사는 지상선국을 건설하기 위함이며 『천부경』은 창조주 신께서 만물의 생장 소멸과 만사가 이루어지는 과정이 창조주 신의 조화에 의해 이루어지는 것임을 숫자 1부터 10까지를 인용해서 이치상으로 밝힌 예언서이다.

십승도 완성자 인류 최초로 도 완성자 세 성인 미륵불 성각 성전 신천촌 – 경남 의령군 정곡면 적곡리 210-19번지 미륵딸 미륵彌勒.

창조주 신 하나 미륵불 출현 성각 365일 천제 올려야 합니다.

누구나 동참하십시오. 지혜와 텔레파시 주십니다.

종합문화교육관 예언 및 김귀달 주관

삼신일체 삼위일체 심부름 이긴 자 인존여래님

인류 최초로 마지막 상좌 천존여래님

대예언서 주인공 신천촌 원용수달님

창조주님께서 1억 년 전부터 계획된 믿음 진리 종교 종합문화교육관 김귀달 주관

세 성인에게 창조주 신 하나 미륵불님 성각 성전을 만들게 하셨다. 경남 의령군 정곡면 적곡리 북두루미는 원용수달님 성지이며 인기를 만들게 하시었다.

옛 성현들에게 창조주 신 하나 미륵불님의 계시록을 만들게 하셨다.

"대구시 대명동 앞산 대덕산에 가서 대를 떼 가지고 천 명의 사주를 봐주어라."

"예 알겠습니다."

창조주 신 하나 미륵불님께서 1천 명을 사주팔자와 신통력 체험한 사람한테 1천 원씩 받으라고 명하셨다.

하루에 30명씩 보면서 100명, 200명, 300명, 400명, 500명, 600명, 700명, 800명, 900명, 1,000명을 조금 넘었다.

대구 달성공원 담 옆에 대를 세워 놓았을 때였다. 여름 방학이 끝날 무렵이었다. 전범수가 3학년 때였다. 아빠가 부산 작은댁에 있을 때였다. 보고 싶다고 며칠만 있다가 보내려고 했는데 하루는 밤에 잠을 자고 일어난 후 오전에 하얀 수염을 단 도사 신령님이 눈에 보였다고 했다. 그 전날 범수도 그냥 신이나 오지 그랬던 다음 날이었다. 그리고 3일 만에 다리가 몹시 아팠던 어느 할머니에게 손을 대준 것이 화제가 되었다. 그 할머니가 집에 돌아가서 자고 일어나니 아팠던 다리가 다 나았다.

그래서 그 이후로 환자들이 모이기 시작했다. 범수 11살 나이다. 오장육부가 훤히 보인다고 했다.

1989년 음력 6월 28일 미륵불 강림으로 그때 신 중에 최고 높은 신이라고 으뜸 신, 신의 할아버지라고 명하셨다. 그때부터 사람이 인산인해로 모이기 시작했다. 그때는 일반처럼 사후세계도 있고 혼령도 있는 줄 알 때였다.

산신, 물 용왕신, 하늘신, 하느님, 하나님, 칠성, 길신, 독신, 나무신, 동쪽 동도칠성, 서쪽신, 남쪽신, 북쪽신, 오방신장, 대장군장, 옥황상제, 화장실신, 조왕신, 성주신, 일월성신, 일광월광양대신, 진주 망경산신, 금곡 우봉산신, 백두산신, 대구 대덕산신, 부산 금정산신, 부산 가야산신, 대구 대덕산신, 대구 팔공산신, 당 산신이 있는데 내가 기도할 때 내려오던 법을 지켜야 했다.

범수 11살 때 신이 온 후부터는 신 중에 최고신이라 하시고 어디를 가든지 절을 하지 말라고 하셨다.

내가 세상에 제일 으뜸 신이라고 하시고 딴 신은 어디든지 가도 절을 못 하게 하셨다. 그때부터 절을 하지 않고 기도로 하게 되었다.

그런데 그때 우리 사진을 찍게 하고 세 장으로 탱화를 했다.

사람들이 인산인해로 모이고 여기 아파요 저기 아파요 천지공사는 진행되었다.

그때는 오장육부가 훤히 보였다. 그때 서울 세브란스 병원에서 추천이 들어왔다. SBS 방송국 사람을 서울역에서 만나 세브란스 병원으로 갔다. 환자 한 명을 테스트했다. 미륵불께서 맞게 보아주지 않아 탈락했다.

그때 100퍼센트 맞았다면 돈방석에 앉아 있을 것은 뻔하다. 그 뒤 나 혼자 하면서 일을 얼마나 많이 했는지 모른다.

그런 이후로 범수는 검정고시 학원을 갔고 엄마는 딱 맞다고 혼자 하고 여기까지 직업, 반월지, 태생지, 생김새, 키, 이름, 성품, 띠, 성전 『격암유록』, 지금 보니 100퍼센트 맞는 『요한계시록』 예언서 중 영어로 해놓은 것은 아무도 못 풀어 놓았고 『격암유록』은 한 30명이 풀어서 자기가 맞다고 하였으니 세계가 5백 년 전에 전수된 『격암유록』은 얽히고설켜 있다.

『요한계시록』은 2,000년 전에 요한에게 미륵불 하나 부처님께서 요한에게 김귀달, 전용식, 전범수 세 명에 일하신 것을 일거일동 다 적어놓았다.

『요한계시록』을 신천지 다니는 분이 한 권 가져와서 여기 『격암유록』의 이치가 맞다고 하여서 성경 『요한계시록』을 보니 그렇게 말한 대로 맞았다.

그런데 그분은 신천지 한 번 행사에 5천 명이 온다고 가보자고 했다. 가서 보니 진짜 강연회를 해주는 것을 보니 별것 아니다 싶어 조금 보다가 왔다.

우리 위에 선생 없다고 33세에 하신 말씀이 있었다. 정말 맞았다.

미륵불 신 하나 부처님께서 저희에게 하신 말씀은 한 치 오차가 없었다.

1차 자서전 현 시점은 일한 내역 2차를 진행시켜 주신 것이다.

지금 현 시점에 병원에 입원하면서 2014년 10월에 입원해서 글을 쓰기 시작했다. 오늘 12월 18일까지 김귀달 자서전을 대충 썼다. 써 주셨다. 아니 하늘을 본 것뿐인데 온갖 것을 다 넣었다. 정말 혼자 걸어 나온 일기 자서전은 사실이었다.

눈물이 주렁주렁 흘렸다. 제목은 다양했다. 내 눈물을 막아주세요. 가셔요

노래 파는 여자가 될래요.

원용수달님 노래가 몇 곡 있다.

미륵여래찬탄가 1절 2절

삼존여래찬가 1절 2절 3절

삼존여래찬가 1절 2절 3절

진리의 보석 1절 2절

나 여래 품으로 1절 2절 3절

개벽의 노래 1절 2절

십승 완성자 성인찬불가 1절 2절

현 실화이다, 노래 속에서 천지공사 걸어 나온 자서전이다.

❀ 미륵불 성각 성전 봉안

전용식 탄생지 조그만 우막집에 봉안되어 있다.

김귀달 주관으로 일하면서 이루어 놓았다. 증표로만 세운 것이다.

그동안 68세 동안 하루도 안 울어본 날이 없다. 돈이 부달리는 천지공사 어찌 한이 많은지 미륵불께서는 미래를 보시고 일하니까 사람은 현실을 보며 천지공사 진행하니까 이거는 아니다.

"왜 이리 어수선하게 늘어놓아?"

"도사가 인간에게 왜 속아 넘어가?"

이제 보니까 진도가 빨리 진행돼야 하고 또 목적지에 도달해야 하니까 몸은 하나이고 능력은 안 되고 동서남북을 다 헤매야 되는 사연이 있으니까 부처님께서는 화살을 당기고 화살 표지 한복판에 맞추는 역할을 해주셨다.

더욱이 편을 갈라놓는다. 지금까지 1탄, 2탄 하며 비방하면서 참 진리가 무엇인가도 모른다. 앞으로 미륵부처님께서는 김귀달이 되기 전까지 물심양면으로 일을 하셨다. 김귀달 나도 물심양면으로 일을 잘해 나왔다. 믿음 진리는 승부를 마친 것으로 미륵부처님께 이야기해 주셨기에 써주셨다. 피눈물 나는 고행은 끝난 셈이다.

종교는 돈벌이 하는 장사꾼으로 알려졌다. 파벌이 생긴 것은 돈에 욕심이 거론되었기에 생겼다고 보아야 한다. 지금부터라도 늦지 않다.

미륵부처님 성각 성전에 모이면 되고 또한 중생들이 공부 마치면 형제자매로 교육 육성시키면 된다. 국가에도 상당히 도움이 될 것이다.

종교가 합일된다면 좋은 일이 너무 많다. 인간은 미륵부처님께 받은 공덕이 너무 크므로 참으로 각각 가정이 하나같이 화합되면 지상선국이 따로 없다.

각자에 이득을 놓고 믿음도 갈라지고 가정도 파괴가 오고 세계 인류도 파멸이 오고 결국은 돈이며 먹을 것이 모자라기 때문이다.

현세 사람들이 하루 속히 믿음 진리 종교 복 주시는 분을 확실하게 안다면 쉽게 풀릴 것이다.

하지만 제일 큰 문제가 돈을 갖다 주면 받는 자가 있기 때문에 병고액란을 막지 못한다.

울타리 없는 마음을 하루 빨리 한마음으로 한 지붕에 미륵불 어버이 뜻을 받으시는 자만이 현명한 처사이다. 사후세계는 없다. 인정해야 하며 국가 차원도 문제다.

단군 4,000년 전부터 지존여래는 연결되었던 것이고 『팔만대장경』도 연결되었다. 예수는 연결시켰다. 요한은 지존여래 직업, 탄생지, 몸이 가는 곳, 성격, 반월, 지명, 생김새, 행동, 키, 사평마을, 일수이수앵회지, 명사십리, 성현들 예언 적중.

전용식, 전범수, 김귀달 세 성인 믿음 복 주시는 주인공 알림.

주인공 찾기 위하여 34년 동안 만 고행으로 직업, 지명, 성품, 행동, 가족관계 미륵불 주인께서는 주인공을 만들기 위하여 68년간 심부름 시켰고 1억 년 계획 중 옛 제자들에게 심부름으로 특히 석가, 예수, 요한, 남사고 등등께 심부름 시켰기 때문에 예언서에 적중시켰다. 또한 하신 말씀과 글로써 예를 적중시켰다.

그리고 또한 증표와 표적, 미륵불 성각과 성전을 만들었다. 또한 제가 운전 일반 등등을 잡고 잘 감수해 내서 몸도 잘 참고 마무리 잘 지어서 세상 만방에 알릴 자료가 다 생겼다.

김귀달이가 만든 기초석만 봉안되어 다시 세계에 알려지도록 하실 거랍니다.

세계에서 김귀달께서 지구 아름답게 할 전망이 되어 있다.

입상 3개 합일 4개가 삼단육각 3*4=12, 12가 인기 거룩하신 성전 성각 12기초석으로 되어 있으며 마무리 작업이 알려지고 시작이 임박했다.

미륵부처님께서 좋아하신다.

십승지 대완성했다. 석가 예수법이 활성 되어 가고 있다. 믿음을 만든 장본인이기 때문에 좀 뻔칠 일이 있는 것은 맞다.

맞지만 주인 없는 믿음은 아니다. 참진리는 미륵부처님께서 만든 믿음만이 오리지널이다. 그러나 참 당혹스럽다. 미륵부처님께서도 매우 좋아하면서도 안타까워하시고 계신다.

성각 성전이 알려지는 날에는 한시가 바쁘다.

종교는 진리이며 진리 그 자체는 자기 근본 뿌리를 찾는 것이다.

종교가 왜 갈라져 있는가?

현 종교계가 내려오면서 생겨나와 할아버지 뭇 성현들이 통달하지 못했기에 세월이 지나면서 차차 커지고 활성화 되어 사람들이 서로 편이 되었다.

이쪽저쪽 진행하다 보니 돈이 되어 가면서 혼령 천도제다, 예수 부활이다, 돈벌이에만 급급하다. 중생들은 철새라고, 미꾸라지 통발에 쑥쑥 끌려 들어간다.

무속신앙, 처음에 정직하고 착한 사람에게 신인합일 된다. 사람과 신과 대화를 하면 거짓말을 하니까 처음을 잃어가게 되며 자동으로 돈벌이에 급급하다 보면 거짓말을 하게 되었던 것이라고 말한다.

인간의 세계 어찌 보면 요물 악마 마귀인 것이다.

우주는 아주 꽉 차 있는 것이며 우주 안에서 우리 인간이 한 평생 살아가노라면 동서남북 길이 있어 노력하는 만큼 얻어지는데, 밥을 주고 먹고 자고 하루 일과가 되는데 남쪽인지 서쪽인지 동쪽인지 북쪽인지 이리 갈까 저리 갈까 헤매는 것이 인간이 하루에 몇 차례 헤매며 살아가는지 인간은 방향을 잘 모른다.

그래서 미륵불께서 잡아주신다. 기도를 하고 살면 방향 제시를 똑바로 받는다. 신인합일 말 그대로 잘 보아주신다. 사는 것이 제대로 살아간다. 4대가 못 살고 4대가 잘 살고 바뀐다. 잘 살고 못 살고는 팔자에 있긴 하지만 그러나 기도하면서 정직하게 살면 잘 살아갈 수 있다.

팔자가 바뀐다. 미인도 나고 뛰어나게 되어 있다. 미남도 나온다. 하늘은 비와 눈을 실어다 주는 창고이기도 하다.

땅은 농사를 지을 수 있다. 쌀이 나고 오곡백과가 나온다. 아주 이익이 있게 도움을 준다. 천지인 하늘, 땅, 사람 함께 움직이며 먹을 것을 생산할 수 있는 하늘에서 비를 내리고 땅에서 자라게 되어 인간이 먹을 것을 얻게 되어 있다.

참 고마운 땅이다. 미륵불께서 주신 곳이다.

❀ 믿음이 생기게 된 이유

큰 인물 단군에게 미륵불께서 지혜를, 그 다음 2차 석가에게 지혜를 은근슬쩍 주었고, 예수에게도 지혜를 주었다.

집을 지어야 하는데 투자가 올 때가 되었는데 어떻게 될지 궁금하네요. 연약한 여자 몸으로 다 했는데 말입니다. 세상에 천지공사가 다 되었는지 논문을 쓰라 하시니까 이제 조만간에 끝이 나겠다 싶은 생각이 나네요.

이 글을 보면 누가 해결 지을 사람이 나오겠지요. 미륵부처님께서도 그런가요? 그때 그때야. 상좌야 걱정 근심하지 마라.

원용수달님은 무슨 뜻인가요?

두 번째 통달자 전용식 함자 중 녹일 용溶, 세 번째 전범수 닦을 수修, 김귀달 통달할 달達.

신과 인간이 합일되어 만든 이름 삼신일체 삼위일체로 이뤄진 원용수달님 네 분께서 세상에 출현하신 것이 원신님 계획은 1억 년 역사이시라 명하시고 단군법, 석가법, 예수법, 요한, 남사고 차례법을 만드신 것이다.

세상 가짜가 판친다고 하셨으니 어서 참진리 참법이 알려져야 할 것이고 지구 정화, 우주 정화 모든 것이 정화되면 천국, 천당, 극락 따로 없다.

예수 믿고 천국 가서 보상받고 왜 허튼소리 그렇게 많이 말하는지 이상해.

사람 죽어지면 개돼지 죽은 것과 같다. 그렇게 깨달아야 하는데 아직 깨닫지 못하니 말씀이 얼마나 아프냐고 이런 세상사에 언제다 씻어 이기게 하려나?

황금으로 원신님 상을 만들 우상을 세울 계획 준비에 있으니 어떻게 되어갈까?

원용수달님 부활이 되어 미륵불께서는 현세에 와 계시는데 너무 적중하게 되어 있다. 지금 때와 너무 맞다. 그러나 사람들이 무슨 뜻인지 정말 못 알아듣는 것인지 모른 척하는 것인지 어서 밝혀야 할 텐데…….

원용수달님 계획과 더불어 만들어져야 될 것이다. 이것이 원용수달님 계획이다. 진리는 하나 복 주시는 뜻 알기 제일 중요하다. 미륵부처님 출현이 제일 급하다. 사람들이 그렇게 기다리고 계시는 미륵불이시다.

스님, 목사(미륵부처님의 뜻을 밝혀야 하는데 아무런 의미가 없다.)는 오로지 원신님의 법식이라야 현 시대적으로 맞다. 지금 시대는 자기가 스스로 바른가를 찾는 것이 믿음의 최상이고 인간 중에 인간이다. 이것은 깨달아야만 참진리 우승 십승지에 도달한다. 진리는 자기가 나를 아는 것이 진리이다.

도리 청암사 종합문화교육관에서 원신님을 으뜸 신으로 자칭하는 이유는 어떤 의미일까?

33세 때 신인합일 이후 각처 산신, 용왕님, 조상님, 성주조왕, 칠성, 윗대 조상, 4대 조상, 아랫대 죽은 영가 명신, 선녀 동자, 옥황 상제, 삼촌장군, 석가, 예수, 지신, 땅신, 화장실신, 길대신, 동물 죽은 신, 천지신, 하늘, 별, 땅, 해 동서남북신, 나무목신, 일월성신, 대자대비 석가부처, 일체적신, 천하대장군, 지하여장군, 지하남장군, 일체살왕대신, 바다용왕, 못 산반물반 기도 백호신장, 뇌성벽력 화신 천지에 만물신 등등 빠짐없이 이렇게 깨달은 뒤 청암도주님 전용식 전범수를 만났다.

청암도주님 전용식 부산 – 백운도주님 김귀달 진주가 안태고향이다.

진주에서 부산에서 만나서 도를 통달하게 되었다. 분식점을 하면 이 산 저 산으로, 부산 금정산, 황정산, 만리산, 지리산, 태백산 다 가면서 이 공부 저 공부 우주에 전적인 것을 통달해야 되었나 봐요. 대나무 이 뜻이 다 통달해야 원신님 – 최고신이라는 뜻을 깨달아지는데 혼자는 못 깨달아요.

천지도주 범수에게 미륵불께서 오셨으므로 신 중에 제일 어른 신의 할아버지 문구가 나오게 되어 있고요, 청암도주님 통달이 되어야 여기까지 오고요, 절차가 있고요, 차례 순번이 있더라고요. 기가 막혀요.

또 단군, 석가, 예수, 요한, 남사고 등등 과정이 있어야 하고요, 너무 너무 등등 하나라도 빠지면 안 되니까요 말입니다.

미륵불께서는 1억 년 전에 예언했다고요. 4천 년 전, 3천 년 전, 2천 년 전, 5백 년 전 예약되었고요. 미륵불 계획대로 다 되었으니 지금 와서 보니 정말 세상을 훤히 보고 듣고 계신다고요. 이 뜻을 세상에 다 알려서 미륵불 소원성취 이루어서 진리 종교 믿음이 하나로 통일되어야 안 되겠냐고요.

사람이 먼저냐 돈이 먼저냐 지금 제가 볼 때 돈만 있으면 십승지에 대구 동구청만큼 넓은 부처님 도량을 건설할 것입니다.

진리는 꼭 있어야 한다. 복과 지혜 주시는 부모이기 때문에 자매지간 종교에 부모님 역할과 지휘자 교육자이시다.

눈에 보이지 않는 인간의 의사이시다. 종교의 부모님은 신이시고 역할은 지존여래이시자 그래서 이렇게 힘들게 신인합일을 끝까지 다 해야 됨을 새삼 알립니다.

성현들 이야기를 하는 수장들도 뜻은 맞으나 신이 이만큼 연결부분을 전지전능하시며 온 우주를 한 눈에 보고 듣고 계시기 때문에 사람이 일순간에 지혜를 받는다. 보고 듣고 계신다. 우주 공간에 살아가는 데는 신의 능력이 우주 안에 힘, 인간에 움직임의 힘이 작동하여 살아가고 있다.

신과 합일 우주에 공기와 함께 살아가고 있다. 기적을 사람들이 알아야 하며 죽으면 끝이다. 인간 별도의 사후세계는 없다고 못을 박는 것이 원용수달님께서 겪어 나온 진실 된 법칙이며 우주 안에 체험한 내용이다.

진리만 바로 선다면 원신님의 한은 다 풀리고 우리도 심부름 애환 공허감도 없어진다.

오로지 합일되어 건강, 수명, 지혜, 인덕, 재물복과 덕을 쌓아 부귀영화 소망을 이루어가며 조화를 받고 살아간다.

인간과 대인관계를 견제해야 한다. 막다른 골목길이다. 21세기는 무거운 짐을 좀 내려서, 바꾸어 말하자면 신인합일 생불시대 자기가 스스로 주관자가 되어야 신의 부름을 각자 노력해야 종교가 합일된다는 소리이다.

그렇게 되길 바란다. 미륵불께 수장들의 뜻은 다 맞은 것은 아니기 때문이다. 사후세계 빌미와 천당 극락 빌미를 논할 때가 아니다. 오직 정직하고 바른 마음이 진리인데 그 진리는 나를 찾는 것이다.

❀ 미륵불 출현 속보

문 : 원용수달님께서 합일된 목적과 그 이유

답 : 미륵불께서 세상을 주관하시며 삼라만상 우주 세상을 주관하시고 계시며 동식물도 함께 바람, 구름, 비도 원신님께서 내리고 만물의 소생도 원신님 뜻

원용수달님은 – 아버지 어머니 정자 난자로써 합해졌지만 미륵 목적과 씨종자는 원신님의 씨알이시고 원신님의 도로 인해서 커진다.

열 달 엄마 뱃속에서 자라서 세상에 태어나서 또 원신님 도에 공기, 물, 바람, 비와 태양으로 과학으로 세상 엄마 아빠에 도와 돌 흙에 공기 자연으로 자란다.

처음에 머리 발까지 신경으로 자율신경 머리부터 발끝까지 신경이 연결되어 세포도 자라면서 차차 발달됨으로써 생성되어 자라며 육체도 자란다.

부교감신경이 지시하면서 엔도르핀이 돌면서 피도 만들어진다. 동맥이 움직이고 심장이 벌떡벌떡 펌프질을 하면서 작동하여 혈이 모이는 곳이 심장이다.

우리 몸 곳곳에는 신경이 연결되어 있다. 모이는 것 교감신경 원활하게 교체해 나간다. 머리부터 발끝까지 피 순환이 작동되는 것이다. 코, 입, 눈, 귀로 숨을 쉬는 장기가 되고 입으로 코로 머리로 목구멍으로 기관지, 폐, 간, 심장 기관으로 통해 바람 공기와 함께 사람이 숨을 쉬고 움직이고 하체로부터 작동하여 살아가고 있다.

사람의 원리 생리통 치통으로부터 작동하고 소화기로부터 소장 대장으로 항문으로 각종 배설물을 뱉어낸다.

신진대사 작동이 잘 되어주어야 되므로 사람만 아니고 신과 인간이 합일되어 움직이고 살아간다.

세포 또한 가지각색으로 움직이고 있다.

❀ 법칙은 향기가 있구나(원용수달님 법칙)

살아 있는 자비로운 행운을 받는 도력을 지닌 원용수달님 뜻 정말 실감 있는 엄청난 도이다. 세계 만민을 구하는 법력이다.

우주 자연법칙으로서 신은 인간과 함께 하고 계시므로 단 1초도 신의 반응을 놓쳐서는 안 된다. 신께서 방향 제시를 다 해주시고 자동으로 머리부터 발끝까지 움직인다.

엔도르핀을 돌려주신다. 피 순환을 시켜주신다. 애기가 엄마 뱃속에서 열 달을 신이 다 키워주신다.

창조주 신 하나 미륵불 신이라 호칭한다.

애기가 태어나면 누웠다, 엎어진다, 긴다, 앉는다, 선다, 누구나 보아서 겪어서 아시다시피 사람의 교육은 아니다. 신께서 법력으로 키워주시고 계신다.

이 글을 읽고서 모른다면 정말 우매하기 짝이 없다. 언론, 인터넷, 전단지, 말을 한들 알기를 하나 모른 척 현재 미국에도 한 번 볼 일이다. 어떻게 될 것인지 말이다.

원용수달님 법칙이란 논술로 간단히 풀어봅시다.

'세상에 이런 일' 이 재방송 다시 녹화 중계합니다. 인류 최초로 진리 원칙을 풀자고 인류 만방에 알리기 위함이다.

꽃 피고 새 울듯이 진리로 한 문장 엮어진 것처럼 옛 성인들이 다 듣어서 역사가 뭇 세월에 흘러흘러 내려왔다.

우주 만민을 구하고자 창조주 신 하나 미륵불 어버이와 같은 원용수달님 법칙을 통해 수십 년을 통해 단군, 석가, 예수, 요한, 남사고를 통한 진법은 내려졌고 현재는 돈벌이 급급해 지나고 요란스럽다. 이편 저편 내가 진짜다. 내가 진짜를 믿고 있다.

서로 간에 천국 천당 노벨상이라도 받을 것처럼 눈이 빨개졌다. 석가가 천당이다. 예수법이 천국이다.

사후세계가 있는 것처럼 별미처럼 지옥 극락이 쓰인다. 실로 가본 것처럼 추운 날 얼음판 위에 딛고 올라섰을 때 얼음판이 깨어져 물에 빠지면 죽는다. 하지만 그 뜻을 깨닫지 못한다.

참말 현세에 보면 가소로울 뿐이다. 그러나 믿음 자체적으로 속이고 속는 판이라서 아무도 모른다.

하지만 김귀달 제자만은 거룩하다. 다 해냈다. 실천에 옮기고 실행해 냈다.

참으로 기특하고 영특하다. 하지만 현재는 제일 꽁지처럼 애처로울 뿐이다. 이제 이 뜻만 알면 얼마나 행복할까? 허망하지 않는 원용수달님

❀ 미륵불 출현 과정

미륵불 출현의 현실

미륵불 출현하실 역사 자료실

전시관 미륵불 형상 박물관

한국 도를 알리는 인류 최초로 탄생한 삼존여래의 자서전 믿음 역사 총정리

창조주 신 하나 미륵불께서 인류 최초로 단군, 석가, 예수, 요한, 남사고에게 계시록을 주신 주인공들의 뒤를 이어 일하신 세 성인께 미륵불 성각을 세운 성전입니다.

12기초석 봉안 경남 의령군 정곡면 적곡리 210-19번지 연락처 010-2537-1399

21세기 생불 탄생 친견하시어 본인의 살아서 미륵불 강림으로 살아 있는 모든 이 생불임을 교육받기를 바라며 부처님의 자식으로 창조주 신 하나 미륵불 회원 성황님 상제 지상낙원 건설바람.

❀ 전도한 경험

- 서울 갔다 온 사람보다 안 갔다 온 사람이 더 이긴다는 속담.
- 한 번 들어보면 되는데 안 듣는다.
- 인간들이 아는 신의 이름 : 조물주, 천신, 지신, 인신, 천불신, 도사 신령님, 하나님, 미륵불, 우주, 창조주 신, 부처님 석가 빼고 산신, 지신 길대신.
- 인간은 조물주로 인하여 태어났기 때문에 신과 인간은 부모 역할 해주시기 때문 신의 존재 때문에 살아 있는 사람만이 생물을 살아 있는 사람만이 미륵부처님의 자식이다.
- 미륵불은 우주 자체이다.
- 미륵불 출현을 단군, 석가모니, 예수가 먼저 선택되어 믿음이 생겼다. 미륵불 상좌이시다.
- 단군, 석가 예수, 요한, 남사고 『천부경』, 『팔만대장경』, 『격암유록』 등등.
- 김귀달 세 사람 가족은 미륵불 마지막 상좌로서 『팔만대장경』, 『천부경』, 『성경』, 『격암유록』, 『요한계시록』 등등은 윗대 미륵불 상좌로서 의무로 끝나야 되며 죽은 영혼은 사회활동과 미륵불 심부름을 이을 수 없으므로 나머지 진행은 세 성인 중 지존여래가 주관 미륵불 주관으로 심부름 68세까지 진행 중이다.
- 한심한 것은 미륵불 출현의 앞길을 막는 것은 미륵부처님에게는 가혹한 행위로써 참을 수 없는 법이므로 바로 세워야 한다.
- 다시 한 마디 말하면 하나님이신 창조주 신 미륵부처님의 앞길을 막는 것은 믿음이 하나로 통일되어야 하며 진리는 하나이며

한 분의 자식인 것인데 모르고 진행이 미루어지고 있다.

- 인간은 창조주 신 조물주가 만든 사람이므로 한 혈육 한 핏줄이다.
- 또한 형제 자매지간이다. 미륵불은 인간과 합일하여 계시니 인간에게 지혜를 주시니 인간에게 없어서는 안 될 스승이며 텔레파시로 살아가고 있다.
- 지금부터라도 꿈을 깨고 우주 안에 미륵불 품으로 돌아와 제자리로 돌아가야 되므로 생불이다. 생불이라는 뜻은 살아 있을 때만 미륵불 심부름을 할 수 있다는 사실을 밝혀야 세상이 밝아진다.
- 몇 천 년, 몇 억 년 전부터 우주를 가르치는 미륵불께서는 줄줄이 사다리를 타고 이어 나오게 했다. 세상이 다 아는 사실이며 가짜 진짜가 난립하고 있는 종교는 장사를 한다고 인류는 말하고 있다.
- 지존여래 미륵불 주관자 김귀달은 모진 고통, 모진 풍파를 헤치고 인류에 묻혀 있는 미륵불을 알리려고 모진 고행으로 진행하고 있다.
- 비방을 받는 여래, 비방을 하는 여자 여래로서 인간의 죄를 풀어줄 사명을 가지고 태어났기 때문에 지금도 없어서는 안 되며 하지 않으면 안 될 일을 하고 계신다.
- 믿음을 하나의 진리로 바로 풀어나가는 미륵불의 심부름 그대로 진행 중에 있다.
- 미륵불께서 한을 풀어달라고 애원 사정을 하고 있다.
- 창조주 신 하나 미륵불은 이 시간에 심부름을 시키고 있다.

- 지존여래와 창조주 신과 얽힌 사연을 파헤쳐 바로 진행 중이니 인도 진리, 이스라엘 진리는 곧 파멸될 것이니 이것이 종교 멸망이다. 지도자나 따르는 자는 서로 간에 다툼 없는 진리를 창조주 신 하나 미륵불 말씀 안에 새로운 진법 진리를 단순하게 풀어나가면 미륵불 인정과 내 몸 안에 계심을 말하는 자를 따르는 것이 현명하다.
- 이 뜻을 따르는 자만이 한결같은 마음과 온전한 마음을 바른 진리를 찾을 수 있다. 창조주 신 나 바로 가는 진리 해법과 새로운 여정 믿음을 똑바로 이끌 것이다.
- 바로 가는 원용수달님 진리 한 치 오차 없는 진리 방안 제도할 것이라 전하노라.
- 마무리 새 세상을 연다. 남의 주인공 제치고 주인공을 찾지 못하는 믿음 진리는 멸망이고 마음 검은 여의주는 없앨 것이다.
- 진주 망경동, 의령 정곡 적곡리 반월지半月地, 부산 경마장에서 태어난 세상 으뜸이신 신 원용수달님을 빨리 찾아 소원 성취 성불하라 하노라.
- 믿음 진리가 주인공을 모르면 이치를 다 모르는 것과 같으므로 한순간에 무너질 것이다.
- 아무리 이스라엘 도와 인도 도를 찬양하지만 앞으로 세상을 열기에 한국에서 태어난, 대한민국을 빛낼 역사를 밝히는 김귀달이 진행하고 있는 이 법은 예정된 법이고 참법이며, 이스라엘 도와 인도 도는 무너지고 대한민국에 태어난 여자가 참법 참진리 해법을 들고 나오니 역사도 바뀌고, 한 진리 한 부모 한 선생님 제자가 되어 새로운 진리를 찾게 될 것이니, 믿음을 우왕

좌왕 갖고 노는 자가 없을 것이다.

- "내가 하나님 내가 상제다."하는 사람은 수명을 가지고 있을 수 없다.
- 오로지 신의 심부름꾼 창조주 신神 하나 미륵불을 알리는 자만이 오리지널 심부름 하는 것이자 진실한 사명을 받은 자이며 생명책이다 하노라. 감사한 역경으로 펼친 해법 꼭 이루어질 것이다.
- 천당 극락은 이승뿐이다. 하지만 현실에 걱정과 근심 애로가 지옥이다.
- 이 사실을 알면 신의 세계는 자동 알아진다.

  신의 세계란 엄청나고 큰 획기적인 사실이지만 모든 법이 틀린 법을 가르쳐 남용하고 있으니 정말 큰 걱정 작은 걱정을 안고서 모른 체 살아가고 있다. 그래서 미륵불께서 옛법은 너의 고행이기 때문에 현실에 세 사람 중 김귀달 주관으로 이렇게 미륵불 천지공사 진행을 잘 쓰고 있으며 우연히 맺어진 인연 놓지 않았다.

하지만 자연 자체 생명을 받을 때부터 부모 형제간 친척으로부터 사연도 많고 인연도 많다. 그러나 인간으로 봐도 그렇지만 인간만 인연이 아니고 미륵불도 함께 인연이다. 신神이 주신 생명이 시작되면서 인간도 인연이 되고 가정이 화목하고 행복한 가정에서 태어나면 태어나자마자 행복하다.

한 예를 들자면 제가 태어날 때 가정이 행복하지 못했다. 그런고로 항상 외롭고 어머니가 사는 인생살이가 떳떳하지 못하고 돈이 없는 삶이라 자동으로 저도 불행하게 살게 되었다. 평생을 돈이 부족하게 살면서 천지공사가 진행되었다. 1회전 자서전을 쓰고 많은 중생제도가 시작되었다. 처음에 몸이 "여기가 아파요, 저기가 아파요."가 첫말 대화였다. 가장 첫 대화 중에 가정에 창조주 신神 하나 미륵불 계심을 인정시키는 과정이었다.

사람들에게 어쨌든 법력을 받게 해서 깨닫게 하는 방법이었다. 그래서 따라오는 사람은 현 남편 도주님밖에 없다. 그렇게 알지만 너무나 무리해서 의지하지 않았다. 그 이후로 혼자 진도가 나갔다. 그렇기 때문에 너무 고통스러웠다. 저와 미륵불 신자 몇, 형제, 아들, 딸 네 사람만 따라왔다. 그러니 장사를 해서 일수 내고 빚내고 천지공사는 정말 힘들었다. 이 세상에 틀린 곳 모르는 곳에서는 법당 꾸며 탑과 절을…….

예언서 주인 석가모니께서는 탑과 절을 세우지 말라고 했는데, 점점 더 키우게 된 이유인즉 중생은 탑과 절을 세워서 중생들이 희희낙락한 곳에만 멋모르고 거짓말 천당, 극락 빌미로 찾아간다.

미혹한 대중 현혹하여 만들어진 진법 아닌 거짓 법, 없는 말을 꾸며대는 곳에 얽혀서 빠져나와 볼 수 없게 되었다.

저는 진실과 사실 이야기를 하지만 일대일이 아니고 만대일로 봐야겠지. 저는 34년밖에 알리지 못했으니까요.

소수 불가하고 석가법 3천 년, 예수법 2천 년, 남사고 5백 년, 천부경 4천 년 법, 요한에서 2천 년 이런 법들이 다 활개를 치고 있다.

그러니 복 주시는 분을 뜨게 만들어 힘 있는 석가 예수만 날개를 달아주어 편을 갈라놓고 가짜끼리 1탄 2탄 그리고 재벌처럼 부강

하게 독사들 독침 흘리듯 돈 벌기 위해 한 명이라도 끌어들여 11조 다 크게 이익이 있는 것처럼 독침을 발라주는 것도 모른다.

큰 권세와 특권층의 주인공을 단 세 명으로 밝힌다.

그토록 떠들어대는 신 미륵불은 쏙 들어가고 자연신 우주 다 따라 그토록 짜깁기 하고 있어 앞날을 어찌할 거냐? 허무맹랑하다 하신다.

그토록 거짓부렁으로 해야 할 이유는 무엇일까요? 장삿속으로 가는 것은 겉치레는 번지르르하다. 『팔만대장경』을 멋모르고 소장하는 곳에서도 물질로 물불을 가리지 않고 남용하고 중생들 아이 좋아라 남용하고 있는 가짜. 결석하지 않으려고 수장들의 말만 듣고 가짜가 틀에 짜놓은 통발에 틀어박혀 따라가기 위해 애를 기를 쓰면서 잔뜩 억누르고 참고 간다. 창조주 신 하나 부처님께서는 우주를 한 번에 우주만을 보시는데, 복을 주시며 키워주시는데, 인간들은 한 치 앞을 모르면서, 하루 일기를 모르면서, 미륵불의 전지전능하신 법력도 모르면서, 앞날을 모르면서, 세상 제일가는 사람이며 제일 잘 났는지를 모르고 살아가고 있다.

가소로운 중생이며 가짜 판에 끼어서 놀아나고 있으니 부처님께서 가소롭고 한심하다고 기가 차서 어이할꼬 하면서 걱정하시고 그나마 믿음을 내놓는데 믿음이 아예 큰 장사에 비유하여 자기 하나님 일등도사 서산대사, 조상님, 명신, 동자, 누구 신장 심지어 남의 혼령까지 접하여 선생으로 왔다.

4대 할머니, 조왕신, 성주신, 화장실신, 목신, 터신, 성황대신, 바다 용왕신, 명신선녀 너 위에 선생 없다. 우리 신장이 최고. 친정, 시댁 조상 혼령, 지리산 도사, 백두산 도사, 과거 이름이고 신주단지 칠성전 등등의 만신은 창조주 신 하나 부처님이시다.

21세기에는 새로운 신神을 찾으면 OK 창조주 신神 하나 부처님
우리는 부처님과 혈육으로 신인합일神人合一 되어 있다
이 세상 많은 신神은 한 분이 각자 인간에게 연관되어 있다. 그리고 이 뜻 알면 우리 인간은 조물주 유일신 천불신 모든 신은 한 분뿐이신 역할을 이 세상에 알리면 종교단체로 시정하여 세상이 조용하여 우왕좌왕하지 않고 참신한 삶을 살고 인간답게 부처님 마음으로 살아갈 수 있다.

이것이 지상낙원이다. 지혜 텔레파시로써 삶을 살아가는 것을 다 함께 알고 지키면 천국과 극락이 부처세상, 살기 좋은 세상 생불시대生佛時代이다. 생불生佛, 말 그대로 살아 있는 사람만이 부처님의 역할과 법法을 알릴 수 있다.

❀ 꼭꼭 숨은 도 찾기

이 글은 행운의 글이니라. 꼭꼭 숨은 도 찾기.

이 책만 있으면 어렵지 않게 창조주 신 하나 부처님 비밀을 밝힌다.

도리 청암사 뜻을 몽땅 알아서 인간이 살아가는데 지혜와 텔레파시를 받으면 세상 고민 끝

네 몸에 도가 있다.

1. 지혜 주시는 인류에 계시는 신이 있으시다.
2. 코치해 주시는 선생님이 계신다.
3. 물어라. 누구에게 나에게 합일되신 미륵불님께 묻고 또 물어라. 내가 1등도사이다.
4. 전지전능하시며 대자대비하신 부처님께 전하는 말씀 시도 때도 없이 묻고 또 물어보아라. 김귀달은 인류 최초 창조주 신 하나 미륵불 성각을 봉안하신 성전 기도 도량을 봉안 성지순례 동참자와 참가자는 동참하시기 바랍니다.

전지전능하신 미륵불님 저에게 화답을 주세요. 오늘의 하루 일기를 참고하여 지혜를 주십시오. 아침에 일어나 고개 숙여 인사하고 절하고 미륵불님 찾고 마음에서 찾고 형상에 의지하여 만법을 초월하신 김귀달에게 물어 차례차례 진행하라.

세상에 이런 일이 눈에 보이지 않는 내 몸이 부처님을 알아 책임있게 살아가자. 세상을 한 눈에 바라보고 계신 신의 세계를 잘 알아

복과 부귀영화를 찾고 만들기 위하여 확신하여 만고풍상 겪어 만든 도리 청암사 지존여래와 동참하여 미륵불 소원 성취하여 드리고 개개인의 소원성취 이룩하자.

없는 말이 아니다. 한 치 오차 없는 미륵부처님 말씀 순종하여 전지전능하신 미륵불 법력받자.

실천하여 배우고 노력하여 행해 보자.

실행해 보자.

현세 과거세 미래세 꿰뚫어보세 오복받자.

❀ 건강 챙기기 위한 미륵불 믿기 운동

혈액순환 기도, 음식 먹고 소화되는 기도, 영양가를 챙겨먹고 기도 열심히 머리부터 발끝까지 기도하기, 내 몸 관리하기, 부처님께 알려 기도하기.

전지전능하신 창조주 신 하나 미륵부처님!!!

저희들에게 지혜와 텔레파시를 주시는 미륵불이신 부처님!!!

부처님께서 저희를 만드시고 저희들을 키워주시며 68세 동안 진리의 명예를 회복하시고 저의 육신에 강림하신 창조주 신 하나 미륵불님과 동행하여 살아가는 저희에게 온누리에 빛과 같은 능력을 저희에게 감싸주셔서 복음의 전도사가 되어 미륵불님 행운이 열리어 도리 청암사가 번성케 해주십시오.

인류의 인간이 하나같이 생불시대가 열려 한 분뿐이신 미륵불님께서 우주의 주관자이심을 함께 다 알게 하소서.

미륵불 우주 만물에 영광이 되소서.

저에게 심부름꾼 김귀달에게 주신 뜻이 대한민국으로부터 신에게 높이 받들어 찬양하여 성각 성전에 기도드리는 날이 속히 행할 수 있는 전지전능하신 법력을 김귀달로부터 전도하여 주시옵고, 신의 법력이 인간에게 전달되어 미륵불 사랑으로 이 시간부터 미륵불을 찬양하는 신자가 되어 청암사 신자로부터 합일 동참하고 미륵불님 사랑과 애정이 깃드는 날과 진리에 나를 알게 하옵시고, 청암사 도주들의 고행을 통해 대한민국 세계에 훌륭한 사람들이 많이 모이게 하여 미륵불님의 금불상을 만들고 미륵불 집을 충만하게 짓고 성각 성전을 세계 사람이 앉을 자리가 되게 하소서, 아멘! 김귀달이 기쁨이 넘쳐나게 하소서, 나무원용수달님 만만세.

❀ 도사 힘든 사연

도사는 말 그대로 앞날을 알기 때문에 그 집 환경과 가족의 마음 각각 성품을 알고 교리를 한다. 그렇기 때문에 속이는 마음이 있으면 교리를 아무리 잘 해도 각각 사람이 행하지 않으면 안 된다. 진리 즉 믿음 깨달음은 간단하다.

그것은 너 자신을 알라– 천만 가지를 깨달은들 자기 자신을 마음대로 하지 못하고 행동을 실행하지 못하여 우리 인간의 몸을 맞추어 움직이지 못하여 몸이 나무 지팡이만도 못 하고 있으나마나 하다.

자기 마음을 멈추지 못하면 지팡이만도 못 하다. 자기 행동을 멈추지 못하면 지팡이만도 못 하다.

그런데 다리가 아프면 지팡이의 힘을 받으면서 걸을 수 있다.

❀ 김귀달 68세 살아오는 동안 몸에 간단한 체험

갓 태어나 어릴 때 이야기 태어날 때부터 나의 몸 아픈 부위 찾아 본다.

어릴 때부터 열이 항상 났다 한다. 물수건이 머리에 계속 얹혀졌다.

성격 내성적(항상 불안 걱정) 삶이 그러했다.

꿈이 많아 항상 걱정이었다. 꿈을 많이 꾸었다. 현실이 꿈이었고 꿈이 현실이었다.

현실과 삶이 항상 시끄러웠다. 가정도 시끄럽고 주위도 항상 시끄러웠다. 시끄러운 것은 항상 싫었다.

❀ 도둑 없이 살아가는 지상선국

황금 보기를 돌과 같이 하라.

만물은 조금 쓰다 버리고 죽는다. 인간이란 오직 자기에게만 붙이려고 애를 기를 쓰다가 병들고 고생하다가 죽는다.

죽으면 만사가 끝인 것이다. 모진 역경 딛고 모든 재산 방탕의 길이다. 사람 나고 돈 났지 돈 나고 사람 태어난 것은 아니다. 목숨보다 더 귀한 것은 아무것도 없다. 인생사 만사가 몸과 마음이다.

청춘 가고 몸도 간다. 세상에 몸이 가면 허송세월이라 말한다. 사람은 앞만 보고 달린다. 끝이 보이지를 않게 막 달리다 갑자기 죽어 없어진다. 허무한 것이 인간이다. 모진 목숨 죽지 못해 살다가 한 세월 보내는 인생 낙오자이다.

잘 자라서 한 세월 잘 산 사람도 있고 못 산 사람도 있고 잘 사는 것을 강 건너 불 보듯이 살아 굶주림을 담고 사는 사람, 어떤 이는 남의 것이 내 것보다 좋아 보인다.

탐심에 한평생 검은 마음이 도사린다. 좋은 것은 내 것을 만들고 싶어진다. 수단 방법을 가리지 않고 훔치기 좋아한다. 상대가 모르는 것처럼 슬쩍 훔친다. 부처님의 지혜와 텔레파시 예감이 있다. 내 것을 잃어버리면 상대를 짐작한다. 두 번 속지 않는다. 왜 모를까 꼭 안다.

잃어버리면 죽을 때까지 그 속사정을 생각하며 마음에 그리고 언뜻 생각한다.

도둑 누명은 벗지 못한다. 세 살 버릇 여든까지 간다. 도둑질 안 하는 것이 만 배 이익이다. 가진 것이 하나도 없어도 남의 눈을 속이는 것은 좋지 못하도다. 인생의 종말과 같다.

그저 조금이라도 남의 것을 얻지 못하면 꿈에도 가지고 싶어지는 것이 도둑의 첫걸음이다. 세상에 눈만 뜨면 보이는 것이 많기 때문에 자꾸 마음가짐이 도둑질하고 싶어질 때가 한 번 있다. 한 번 실행하면 그때부터 자꾸 탐심이 생긴다. 각자 스스로를 잡을 수 있는 사람이 복이 많다. 하늘의 우주 신이 잡아주지 않는다. 내 자신을 내가 만들어야 하기 때문이다.

사람의 근본을 아는 것이 진리다. 우주 마음과 합일되어 있다. 우주는 자연계이다. 자연은 신이다. 신의 사명은 생불이다. 인간이 신이라면 신이다. 신이란 인간 마음, 인간 몸에 집착되어 있다. 거룩하신 미륵이다.

가득 찰 미彌, 굴레 륵勒, 미륵彌勒은 자연과 움직인다. 인간과 함께 움직인다. 미륵은 나의 존재 얼굴이다. 참말 미륵은 크다. 이 세상에 존재하는 세상 만물 존재이다.

지금 이 글을 쓰는 이가 바로 미륵불이시다.

증거이다.

귀달이 나는 배운 것이 부족하다. 그것이 큰 단점이다. 사람 귀달이가 배웠다면 미륵불 제자가 되지 못했다. 안다고 가만히 고개 숙이지 않아 인간 신 합일은 상상을 할 수 없기 때문이다.

김귀달 저는 작가이다. 이름 없는 작가이다. 미륵불께서 써주실 때는 작가이지만 써주지 않으면 무문이다.

그렇다.

아무것도 없다.

속이 텅 빈 것이다. 아무런 입증된 것이 없다.

그러나 미륵불께서 심부름 시킨 자료는 많다. 네 자신은 높은 우주 자체에 미륵불과 함께 글을 쓰고 있다. 하나님 뜻에 움직이는 아주 큰 이름이지만 김귀달이는 아주 낙천적이지만 아주 대범하여 천지공사 마무리 작업 완성 입전권을 받았다. 이제까지도 현재도 돈은 없다. 하지만 행복하다. 참말로 행복하다.

❀ 손에 대하여 쓴 글

김귀달 손은 돈이다.

황금 보기를 돌같이 하라. 글을 훔친 것이다. 아주 어릴 때부터 조금 배웠다. 얼마 전까지만 해도 재대로 글을 쓸 수 없었다. 지금 나아졌기 때문에 미륵불께서 주시는 글이기 때문에 훔친 글이나 진배없다고 생각한다. 허나 도둑글은 아니다.

자신인 내가 노력했을 때 주신 글이자 일꾼으로 쓰기 위하여 미륵불께서 자료를 주신다. 자꾸자꾸 주시니 감사할 따름이다.

"미륵불님 정말 감사합니다. 그것도 모르는 바보입니다. 잘 쓰는 작가 시인이 되게 돌보아주셔요.

이런 뜻을 알면 미륵도 공부 잘해서 부족함이 없이 잘 하도록 능력 전지전능하시는 막히는 일 없도록 도와주십시오. 만나서 반갑습니다. 감사합니다. 나의 손은 미륵불 신 하나님 손이라고 생각해도 되지요? 감사합니다. 너무 황홀해 감사합니다. 네 손은 영원한 미륵불 손이라는 것을 깨달았어도 어쩜 머리도 내 것이 아니네요. 어찌 말이 술술 짜여서 손으로 글이 술술 써지기 시작하니 말입니다.

참 이상하지요 사람과 미륵불 합일 정말 안 되는 일이 없이 다 되네요. 아빠, 아빠 부를래요. 그것이 당연하죠. 어쩌죠? 몸이 육신이 없잖아요. 그래서 신인합일 아닙니까? 아빠.

세상에 최고라고 칭찬해 주신 글 많잖아요?

세상 신 아빠 최고입니다. 파이팅 한 말씀 해주십시오."

"신딸 내 딸 고맙구나!!!

당신 김귀달 정말 대단하구나!!!

나를 따라 34년 끈질긴 철사에 꽁꽁 묶어놓은 것처럼 멀어지지 않았구려. 고맙다. 신딸 내 딸, 내 신이다.

네가 신이라 해도 과언이 아니구나. 네 참모습 그대로 살다가도 되겠구나!!!

해서 입전권 너에게 상으로 준다."

❀ 창조주 신 하나 미륵불에 대한 목표

1. 김귀달 삶의 극복을 바꾸기 위한 기도 세상의 일인자
1. 어머니의 애환을 위한 기도 북두칠성 해, 달에 기도되었다.
2. 김귀달 어린아이로부터 꿈 적중 소금 뿌리기
3. 무속인에게 굿 조상 풀어주는 기도 겸 망경산신 우비산신
4. 절에서 고모 삼촌 천도제 군 입대
5. 시집 장가 영혼들 혼인 결혼 다섯 명 영혼
6. 연탄 시집 4남매 가정
7. "33세 동녘에 해 떴다 광명 찾자!"
8. 7개월 무속생활 시동생 동자, 친정 명신, 4대 시가 윤씨 할아버지, 김씨, 전 모, 친정 삼촌 법문
9. 무속인 접고 100일 기도 중 지극 정성 44일 기도 끝에 56일 서비스 김귀달 만만세
10. 44일 기도 끝에 인삼 보여주심
11. 다시 연탄직매 시작
12. 전 남편 간경화로 사별, 죽기 전날 저녁 해질 무렵 "여보 내 옷을 좀 다 챙겨다오, 저 기와집에 가야 돼."라면서 죽을 준비의 말을 건네고 이튿날 새벽 운명하였다.
13. 장사하다가 부산으로
14. 부산 가서 현 남편을 만나서 도통군자
15. 진주로 가서 다시 무속생활
16. 유방수술 부산 송도
17. 대구 달성동 남편 운전

18. 대구 비산동 삼 부처 모심, 석가 관음상 모심
19. 대구 달성공원 옆 대나무 꽂았다. 점술 다시 시작. 석가모니 좌상, 관음상 좌상 모심
20. 1천 명 점 봐주기 1천 원으로 1천 명이 다 되었을 때
21. 천지도주님 11살 때 신의 할아버지 으뜸 신
22. 인산인해 오장육부 보여주셨다. 세브란스 병원
23. 다시 이사 산격동 병 나음
24. 보건단속
25. 다시 무죄판정 정정보도
26. 천지도주님 부자합상 원신님 세 분 형상 모심

❀ 천지공사 과정에 대한 미륵불과 삼존여래의 노래

2014년 11월 29일 아파서 수술 퇴원 천지공사 기다림

내 눈물을 막아주세요 노래 파는 여자가 될래요
눈에서 내린 눈물은 누가 막아주시나요
아 사랑의 눈물 아 행복의 눈물
가슴 벅찬 눈물이여 아픔의 표적
순간순간 쏟아지는 물방울 물방울아
말해 보렴 아파서 난다 서글퍼서
난다고 말해 보렴 눈물은 영원한
것이야 쏟아지는 눈물 메마른
눈물이여 너는 무슨 사유로 흐르는가
젊음을 달래는 아픈 눈물
상처를 달래주는 눈물 아픔을 달래는 눈물
눈물은 사랑인가 눈물은 바보인가 눈물은 결실인가

눈물은 대단한 사랑 미안한 사랑
눈물 자국은 인사 눈물은 이유가 많아
눈물은 아픔을 알려주는 눈물
눈물은 한 맺힌 것 눈물은 한을 푸는 것이야
한 방울 두 방울 셋 넷 다섯 방울 피보다
진한 것이야 흰 피도 아파서 나는 것은
너무 진한 것이야 사랑에 울어 아파서

울고 괜한 눈물은 아닐 거야 혼자 우는
것은 아닌가 봐 내 두 눈에 내린 눈물
뭐가 그립고 아쉬워서 흐를까요
목 메여 울었던 눈물 무엇을 그리도
애착했던지 무엇을 그리 사모했던가요
무슨 말을 어떻게 했더란 말인가 내 몸에서
흐르는 아픔을 달래는 눈물 한없이
아픈 눈물일 거야 원통해 우는 눈물일 거야

이 노래를 사가지고 가셔요
내 인생의 애원이 담긴 영원한 복 말이에요
복을 싸가지고 가셔요 아무나 다 싸가셔요
차별하지 않을 것이에요 세상 누구나 다 사가셔요
천기누설 하지 않을래요 누구나 다 사세요.

이토록 모질게 그렇게 아픔을 참고
누구를 위하여 나를 잘 살고 못 살고
하는 운명의 작은 몸체 하나
머리부터 발끝 하나 손끝 하나
하늘 밑에 땅 위에 굴러다니는
돌 같은 여자 모래알같이 많은
사람 중에 작은 씨앗 하나 났네
미륵불께서 내려주신 선물 달랑 보지 하나
내 생에 운명이 긴긴 나날 아픔은 상처야

이제 가셔요 눈물도 아픔도 물러가셔요
저 하늘이 이 하늘이 되고요 이 하늘이 저 하늘이 되고요
무엇 때문에 얽매였나요 큰 파도처럼
철썩 철썩 싹- 훅 파도 소리 요란해도
내 마음은 내 마음일 뿐이야 누가 이 사람을
보셨나요 누가 이 사람을 아시나요
맺고 끊고 해나온 천지공사 열정을 말없이
조용히 조용조용 해내었나요 언제나 나에겐
다가오는 시련 34년 동안 역경 속에
걸음마부터인가요 내 작은 배짱으로
작은 육체로 해낸 거예요 새로운 삶
찾으려고 온간 비운 내 생애 전부 바쳤어요

어머니 아버지 애도의 눈물인가 봐요
크나큰 비운 안고 가셨나요
지나간 삶 전체 앗아갔나요
왜 말 못 해요 입이 없어서
못 하시잖아요 육체가 없으시니까
못 하시잖아요 천국 극락 없지요
새빨간 예수 석가법 거짓말이지요
제 말이 맞지요 아버지 훈계 어머니 훈계
정말 귀에 담아 머리에 가슴에 담아
놓을 거예요 환상으로 보이네요 하얀 잠바 아저씨로

보이네요 우리 엄마도 정직하죠 초롱초롱
정직한 마음 담아 있을래요
어머니 눈물이 말랐지요 없어졌지요
울 수 없지요 그렇게 흘린 눈물 황금처럼
쏟아지는 물보다 진한 피눈물 많이 흘렸죠
내 눈물도 흘렸지요 내 마음의 상처
눈물 많이 흘렸지요 윤서방 떠나보내고
많이 눈물 흘렸지요 내 보는데 한 번도
울지 못했지요 그래도 이제 생각하니
많이 흘렸지요 내 등 뒤에서 눈물 흘렸지요

어머니 외할머니 보내고 많이 울었지요
마지막 가는 길에 어머님 사는 것이 애가 타서
외할머니도 많이 울었을 거예요 모진 고통
모진 풍파 보내느라고 말입니다 사람이 나고
돈 났는데 그렇게도 돈이란 어머니
마음 아프게 했지요 난 알아요 어머니
마음을 딸 아들 아들 아들 놓아서
미역국밥 제대로 못 드셨지요 어머니
눈물 난 알아요 강가에 북어리 한 마리
손으로 잡아서 먹는 거 봤어요
가여워라 어머니 눈물 속으로 우셨잖아요
피보다 진한 눈물 말입니다. 눈물이 흐르고
흘러 한강이 되었나 보다 진주 남강이

되었을까요 대구 금호강이 되었나요
어머니 유일색 할머니도 많이 우셨잖아요
할머니 눈물 어머니 눈물 아버지 눈물 외할머니 눈물
눈물만 거두어도 바다를 이루겠지요
창조주님 눈물을 보태면 세계눈물이겠지요
세상에 꽃 피고 새 울고 구름꽃도 이 세상에 아름다워요
사람 머리 백발 되어 흰 꽃을 머리에 이고 춤을 추며
얼마간 있으면 바람에 날려가듯 흔적 없어라

울 아빠 어머니도 간데 온데 없잖아요 참 꽃은
일 년에 꼭 돌아오는데 사람은 영원히
없어지니 물결치는 대로 바람 부는 대로
가더라 허망한 세월 보내고 이 생명
또한 허망하다 사람이 살면 몇 십 년을
산다고 아름다울 미 못 찾고 온데간데없더라
물에 빠져 죽어도 끝 불에 타 죽어도
끝 이래저래 죽어도 죽으면 끝이더라
허망한 세상 막막한 세상 모진 풍파
모진 역경 모진 생명 이 생가면
눈물도 없다 한 많은 세상 끝이로구나

❀ 세상에 처음으로 알리는 메시지 미륵불의 심부름 합일된 김귀달

전지전능하신 미륵불 도술 알리는 진정한 메시지

미륵불의 계획을 전 인류에 알리는 미륵불 상좌이자 1억 년 전부터 짜놓은 예언서 주인공의 실명소설이자 자서전 『미륵딸』과 자서전으로부터 발간한 책 15권을 알면 기를 받을 수 있다. 기란 미륵불님의 도를 받을 수 있다. 신통력을 몸으로 받는다.

머리부터 발끝까지 받는다. 지혜를 받을 수 있다. 상대방의 텔레파시를 받을 수 있다.

여기까지 오는데 김귀달에게는 사연이 있었다. 창조주 신 하나부처님께서 34년 동안 초단계에 입으로 하답부터 34세 "동녘에 해 떴다 광명 찾자!"부터 미륵불께서 입문에 들게 하셨다.

2차로 점을 보게 하셨다.

3차로 미륵불 말씀으로 세상 한 바퀴 돌면서 동서남북 곳곳에 씨를 뿌려놓은 곳과 거두어들이는 작업을 송두리째 다 해냈다.

김귀달, 전용식, 전범수 세 사람의 지명, 탄생지, 성품, 직업, 생김새 등 약 5천 년 전에 부록된 예언서 약 4천 년 단군, 약 3천 년 석가모니, 약 2천 년 예수 요한, 약 5백 년 남사고에게 전수된 『천부경』, 『팔만대장경』, 『요한계시록』, 『격암유록』 등등 전체적인 예언서 기록 옛 세 성인의 예언서 속에 세 사람의 현실에 살아온 일기가 들어 있음을 찾았다.

세 성현들에게 창조주 신 하나 미륵불께서 수수께끼처럼 깊이 책 속에 꼭꼭 숨겨두었다.

이 사실을 찾기까지 세 사람은 많은 고행을 해왔다. 이젠 다했다고 미륵소망을 다 이루었다고 한을 풀었다고 말씀하시었다. 노래와 시와 때로 연극, 때로 행사와 때로 매스컴으로, 때로는 일을, 때로 장사를, 때로는 싸움으로, 때로는 곳곳에 다니면서 주인공 세 명에게 내려진 사명은 각각 달랐다.

전용식은 지명 김귀달 말씀으로 34년 동안 심부름, 전범수는 육육육 정도령으로 내세에 나올 주인공, 김귀달께는 면류관 옷과 왕관으로 다양한 한복, 대비복, 임금복 박사복과 박사모 사진으로 찍은 것들은 많다.

이사 100군데 넘게 해야 했고, 표적을 세우고 미륵불 성각 성전을 경남 의령군 정곡면 적곡리 210-19번지에 세워야 했다.

그곳은 전용식이 태어난 곳이다. 안태고향은 부모님이 의령 궁유면에 살다가 함안으로 갔다가 함안읍에서 돼지국밥 장사, 뱃사공 사업을 하시다가 의령군 정곡면 적곡리에서 탄생시켰다. 피나는 고행이 있었다. 그동안 세 가족 부부와 자식관계로 만고행으로 미륵불 성각 성전으로 십승지를 완성시켰다. 더 할 일 없이 다 해놓았다.

❀ 입전권入田權

청암사에 오신 것을 진심으로 축하합니다.

인류 신자님들은 미륵불의 자식으로 도리 청암사의 법과 규칙을 배우고 지켜 신자님들 자신과 가정의 미래는 물론이고 도리 청암사의 미래를 밝히는 동량이 될 것이고 나아가 대한민국 사명으로 세계로 펼쳐가는 미륵불의 미래가 될 것입니다.

입전권入田權

인간은 미륵부처님의 자식이다. 그러므로 대한민국에 미륵부처님의 사명으로 출현하여 미래를 열어가시는 삼존여래를 찾아 법과 규칙을 배우고 지켜 자신과 자신의 가정에 만복을 받으시기 바랍니다.

❀ 미륵부처님 가훈

1. 법과 규칙을 알면 할 말이 없다.
2. 질서 증진
3. 나의 존재는 미륵불 얼굴이다.

❀ 신자 상호 간의 인사

만나서 반갑습니다.
감사합니다.

❀ 미륵불 출현을 인증하라

세상을 구원할 미륵불 출현하시었음을 인증하라.

세상을 구원할 미륵(彌勒, 우주) 불상 이름 존호 높임말

창조주 신 하나 미륵불께서 삼존여래 상좌들에게 "내 형상이 없기 때문에 내 상을 돌, 나무, 그림으로 입상과 좌상을 만들어 봉안해라." 지존여래 주관 삼존여래 상좌께서 1997년 12월 7일 창조주 신 하나 미륵부처님 입상 봉안하였다.

(세상을 구원할 미륵불 우주 믿음 주인공께서는 한 분임을 뜻함.)

뜻밖에 의령군 정곡면 적곡리 210-19번지의 창조주 신 하나 미륵불로 존호가 밝혀진 것은 그리 오래전 일은 아니다.

미륵불은 인류 최초의 기초석이다. 미륵불께서 인류에 한 번도 미륵불상을 봉안하지 않았다. 미륵불은 인류 최초로 처음이자 마지막 본존불로 봉안되었음을 알리노라.

미륵(창조주 신 하나 미륵불) 입상, 좌상, 목불상, 그림 입상 한 분의 형상 모습은 각각 달랐다. 입상은 지구의를 들고 계신 모습으로 인류를 한 눈에 보고 계신다는 의미이고, 인간의 눈에 보이지 않으므로 얼굴 윤곽이 흐릿하게 조성되었다.

각각 다른 네 분의 상은 한 분이시다.

석조 미륵불 입상, 석조 미륵불 좌상, 목조 미륵불 입상, 탱화 미륵불 입상.

❀ 원용수달님을 위한 논문

앞으로 논문 많이 모읍니다.

창조주 신 하나 미륵부처님 출현하신 목적

도의 이치와 사람 사는 이치를 깨우쳐주시는 원용수달님 이 세상에서 최고 높으신 분입니다.

삼존여래님께서는 인류 최초로 마음이 흰 눈보다 더 맑고 깨끗하신 분이기 때문에 원신님께서 주인공으로 선택되셨습니다.

창조주 신 하나 부처님께서는 살기 좋은 세상을 만들기 위해서 삼존여래님 몸과 입을 통하여 만인에게 복 주시는 주인공으로 선택하셨습니다.

창조주 신 하나 부처님과 삼존여래님과 똑같은 마음으로 하늘같이 높이 받들어 모시는 마음을 갖고 살아야 오복을 받습니다. 청암사 도리교에서는 복 받는 도의 이치를 가르쳐주시고, 사람 사는 이치를 깨우쳐주십니다.

원용수달님을 믿고 의지하면서 지존여래님의 말씀을 잘 듣고 정도덕행을 실행하면 만복을 받고 잘 살 수 있습니다. 청암사 원용수달님 진리는 참진리입니다. 정도덕행을 지키려고 노력하면서 살면서 몸과 마음이 같아야 오복을 받습니다.

원용수달님은 두 손 모아 하늘같이 받들어 모시고 잘 하면 복 받습니다. 창조주 신 하나 부처님께서는 보고 듣고 계십니다. 몇억년 전부터 창조주 신 하나 미륵부처님께서 계시지만 이 세상 어느 누구도 못 깨우쳤습니다.

복 주시는 신은 한 분뿐이시고 만신은 없다고 알려주셨습니다.

"사람이 살다가 죽으면 끝이고 극락 천당도 없고 사후세계도 없고 사람이 살면서 웃고 살면 극락 천당이다. 신은 복 주시는 신 한 분뿐이다." 하시면서 우리를 깨우쳐주셨습니다.

지존여래님 감사합니다. 도는 길 도道, 리는 이치 리理, 교는 가르칠 교敎, 그래서 도리교 청암사에서는 도의 이치를 가르쳐주시고 사람 사는 이치를 깨우쳐주십니다.

원용수달님을 믿고 의지하면서 지존님의 말씀을 잘 듣고 정도덕행을 실행하면 만복을 받고 잘 살 수 있습니다. 몸과 마음이 같아야 복을 받습니다. 그래서 도의 이치를 가르쳐주셔서 복을 받게 하시고 사람 사는 이치를 가르쳐주십니다.

삼존여래님 말씀을 잘 듣고 정도덕행을 실행하면서 만복을 받읍시다. 창조주 신 하나 미륵부처님 감사합니다. 지존여래님 몸 빌려서 입을 통하여 우리를 다 깨우쳐주셔서 감사합니다. 복 주셔서 감사합니다. 지존여래님 몸과 마음을 다 바쳐서 피눈물이 나도록 다 깨우쳐주셔서 감사합니다.

저는 청암사 처음 올 때에는 몸도 많이 아팠고 머리부터 발끝까지 아파서 물도 못 먹고 죽고 없을 목숨이 잘 살고, 집도 없고 남의 셋방 살았는데 지금은 집도 있고 몸도 건강하고 잘 살고 있습니다. 원용수달님 감사합니다.

건강복 주시고, 수명복 주시고, 지혜복 주시고, 인덕 주시고, 돈복 주십시오. 감사합니다.

우리 다 같이 두 손 모아 받들어봅시다.

감사합니다.

우리 청암사 원용수달님 만세 대한민국 만세 감사합니다.

– 2014년 12월 14일 낮 11시 최영남 신자 씀

2014년 12월 15일 저녁(오전 4시 15분) 김귀달 옮김

사실상 25년 제자

믿어 의심하지 않는 일심양면 신자 사면이 반듯한 어머니 같은 마음으로 힘을 주시고 격려해 주셔서 감사한 마음 금할 길 없다. 25년 간 365일 함께하다시피 한 어머니 같은 마음으로 티끌 하나 붙지 않게 격려해 주시고 몸과 마음을 아끼지 않으신 하늘땅만큼 도와주시고 보살펴주신 은혜자이시며 은혜와 화해가 높으신 덕망으로 청암사를 위한 마음 한 점 부끄럼 없이 해내신 분 정말 감사합니다. 건강하게 오래 살아갑시다. 신자님 원용수달님 화이팅!

❀ 미륵불 강림과 신통력

대구시 대명동 앞산 대덕산에 대를 꺾어가지고 천명을 사주 봐주거라. 창조주 신 하나 미륵불 말씀인 1천 명을 사주팔자와 신통력으로 체험 사람 1천 원을 내고 100명, 200명, 300명, 400명, 500명, 600명, 700명, 800명, 900명 천 명을 넘어 보았을 때 대구 달성공원 옆 천지도주 전범수 11세 때 서기 1989년 음력 6월 28일 신내림 동시에 수염이 하얀 할아버지가 눈에 보였다.

할머니 한 사람을 손으로 만져주었는데 다리가 나아졌던 계기로 사람들이 인산인해로 모이게 되었다.

신 중에 최고 높은 신이라고 했기에 신의 할아버지라고 명하였다. 신의 할아버지 그때는 일반 사람과 같이 신이 많은 여러 신이 있었다고 알고 있었기에 부처님께서 그렇게 말씀으로 인정할 때였다.

산신, 물신, 하늘신, 조상신, 칠성, 길신, 남신, 동쪽신, 서쪽신, 남쪽신, 북쪽신, 오방신장, 대장군신장, 화장실신, 조왕신, 성주신, 일월신, 일광월광양대신, 망경산 산신, 금곡 우봉산 산신, 백두산 산신, 태백산 산신, 지리산 산신, 대구 대덕산 산신, 부산 금정산 산신, 부산 가야산 산신, 대구 팔공산 산신 등등 돌을 다듬어서 만든 것을 미륵존불이라는 이름을 붙였다.

그러나 실로 체험하여 현재는 하나의 이름으로 부르고 있는 호칭이 창조주 신 하나 미륵불로 이름하고 있다. 현재 주문은 원용수달님으로 부르고 있다. 으뜸 원元, 녹일 용溶, 닦을 수修, 통달할 달達

을 합하였는데, 많은 신 중에 제일 높으신 으뜸 신이라 함.

주문이 원용수달, 나무원용수달이라 명하였다. 원용수달님 창조주 신 하나 미륵불님이라 알리고 한 이름으로 사람과 합일되었으니 네가 머무는 곳이 미륵불이 계시는 곳이며 한 분뿐이신 하나 미륵불.

❀ 천지공사 완성에 대한 감회와 현실

창조주 신 하나 미륵불 모심과 동시에 세 상좌 입상 좌상 봉안.

창조주 신 하나 미륵불 성각 성전 12기초석.

현재 경남 의령군 정곡면 적곡리 210-19번지.

1. 창조주 신 하나 미륵불, 백석, 석가모니 좌상, 김귀달 좌상, 비로자나불 좌상, 창조주 신 하나 미륵불 좌상 그 다음 탱화, 목조 미륵불 입상, 팔뚝에 핀 무궁화 꽃, 젓갈 국물에서 나온 용, 구름 삼봉산으로 인해서 애벌레.

왕비옷, 왕관, 왕비복, 별왕관, 남바위 분홍 옷, 흰옷, 복자새김 왕관, 비취색 치마, 흰 저고리, 두루마기, 인도 왕관, 인도 왕관 행사, 도 완성 박사모, 한복, 삼백석, 배에 그려진 용, 만든 용삼, 구름 용, 천지도주님 임금복, 왕복 2벌, 황금색 도포 3벌, 한복 2벌, 청암 도주님 한복, 두루마기, 양복, 신의 할아버지 배지(badge), 창조주님 입상 목걸이, 백금 목걸이, 태양과 무지개를 형상화한 세계 태극기 배지(badge), 옥 목걸이 등.

68년 만에 새로운 세상살이 맞는 이치, 허나 실행할 수 없다.

2014년 12월 2일 오전 8시 15분 식사를 하면서 스스로 늙어서 예전 같지 않다는 사실을 새삼스럽게 느낀다. 실행하지는 못했다. 몸이 고장날까 봐.

그렇다. 일반 살림은 하지 못한 것이 곡절이 있었다. 부처님 심부름만 해야 되기에 여태껏 여성답지 못 했구나.

남편 보기도 민망하고 자식 보기도 민망하고 죄스럽구나.

네 정신을 주시는구나 했는데 부처님께서도 가정이 있어야 되고 가족도 있어야 되고 내 옆에 가족으로부터 사람을 두게 되었는지라 천지공사가 마무리되었구나.

오늘은 부처님께 단호하게 깨놓으시는구나. 앞으로 나는 어떤 일을 해야 할까? 가엾네. 운명이 어떻게 될까?

＊ 몹쓸 놈의 인생사 개도 안 먹는 돈

돈이 어디 갔기에 이토록 돈 때문에 괴로워할꼬? 어제 책을 사러 갔는데, 돈이 없어 한 권만 달랑 샀다. 17,000원. 총재산이 25,000원이 전부다.

내가 돈이 땡 내일 부산 가야 하는데 차비가 모자란다. 있을 때 아껴 쓰라는 말은 해당사항이 없고 누구한테 말을 할까 생각하니 암담하다. 돈이 한이란 말인가?

그렇다.

내일 보자.

돈에 한을 맺지 말자.

태어나서 부모님 슬하에부터 돈에 얽매여 살았기에 돈 없는 것은 걱정하지 않는다. 내 한은 돈이 아니다. 자식들 잘 되면 그것이 행복이다. 영광이다. 모진 비바람 모진 풍파 모진 고통에도 잘 살아왔잖아. 육남매 사위 며느리 손녀 손자들이 박이 달리듯이 주렁주렁 열렸다.

걱정할 일도 없다. 부처님 파이팅 딩가딩가 오복 주셔요. 부귀영화 시켜주셔요.

앞날에 부처님과 원용수달님 참진리 꼭 완성해 주셔요. 감사합니다.

2014년 11월 30일 오후 2시 39분 일요일

❀ 달달달 밝은 달 쟁반같이 둥근 달

김귀달 밝은 마음 하얀 마음 정직한 마음.

하얀 눈보다 더 하얀 새하얀 남편도 버린 도, 자식도 버린 도, 부모도 버린 도, 형제도 버린 도.

위의 글은 한 많은 너의 일기 아니냐?

누가 이 환경을 알 것이냐?

무진장 힘든 도, 무진장 너그러운 도, 할머니 한, 어머니 한, 형제 한, 자식 한, 한이 서려진 도, 하늘을 이불 삼고 땅을 베개 삼아 이사를 100번 다니면서도 너 잠자는 방은 개방이 아니더냐?

아수라장이 된 너의 방 부엌에 자고 편하게 잠 못 자고 천지공사 지폐 맞추느라고 시멘트 바닥에 달랑 전기장판 한 장, 여름이면 달랑 나일론 자리 한 장, 선풍기 한 대, 13년 누가 안단 말이다. 옷은 검은 물이 나올 정도로 땟물이 나오더라.

어느 날은 나팔을 불고 노래하고 얼굴 없는 나를 알리자고 천지공사 했더니 그 다음 날 "할머니 어제 술 한 잔 먹고 노래 잘 부르던데요." 하던 말이 실감나지 않고 멍청해 쳐다보았다. 그렇게 얌전하게 일만 하던 사람이 대한길 시장바닥에서 나팔을 불며 노래하니 그런 말을 들을 수 있었겠지. 쓰다가 쓰다가 글을 보니 이 사람이 사람인지 신인지 잘 모르겠네. 부처님 파이팅!

❀ 창조주 하나 부처님께서 내리신 시

내 너를 기다리던 시간 세월이 1억 년 세월이더라
단군, 석가, 예수, 남사고, 요한 제자들의 삶을 뒤따라 통째로
이루어 나온 진리 꽃 피운 내 상좌들이 아니냐
그 뒤를 이어 나온 너 지존여래 너가 아니더냐 전용식 전범수
너희 세 사람 마지막 일꾼 아니냐
귀할 귀貴 통달할 달達 경주 김가
너와 내가 맺어져 여기까지 일하였노라 조금만 참아라
다 했다 다 했다 꿈같은 세월 무시무시한 세월 아닌가 말이다
한 많은 힘든 세월 수고하고 힘들었다 울어 울어
한 세월 청춘도 다 가고 이제 백발이 다 되었잖니
그래 그래 조금만 기다려라
네가 나의 심부름해서 일구어놓은 뿌리를
다 파헤쳤으니 얼마나 아수라장이 될 진리는 이제 다 도래이
시절이 다 가고 이제 새로운
진짜 새로운 진리가 오지 않겠니 말이다.
네 상좌야 고생 많았지 무거운 짐 진 자들을 구하려고 하니
얼마나 힘들었니 제자 제자 걱정 근심하지 마라
한 세상 뜬구름처럼 정처 없는 세월
허무맹랑한 세월에 고생 많았지
네가 아니면 내 한이 풀리겠니 이제는 네가 수수께끼를 다 찾았다
한 점 부끄럼 없는 영원히 묻힐 뻔했는데 너로 인하여 다 했다
영특하고 기특한 내 상좌야 내 딸아 참 미안하이 넓은 아량으로

나를 이해했기 때문에 마무리되었으니 감개가 무량하도다
너의 소원은 아무것도 없다 했지 고마운 심성이 착해서 여기까지
진리가 참법이 되어졌겠지 꿈에 그리던 내 소망 이루어졌도다
무너지고 흩어질 뻔한 원통할 통곡할 운명이 진리가 바로 선다면
세상에 금은보화보다 더 중요할 거다

2014년 11월 30일 일요일
하염없이 비 내리는 새벽에 창조주님으로부터 써주신 글

❀ 창조주 신께서 출현하신 목적

- 창조주 신 하나 미륵부처님 한 분뿐이십니다.
- 만신은 환상일 뿐이다.
- 미륵불 제자였던 단군, 석가, 예수, 요한, 남사고, 죽고 심부름을 못 한다.
- 현세에는 미륵불과 삼존 제자가 심부름한다.
- 세 사람이 뒤를 이어나가는 것이 부활과 환생이다.
- 인간이 죽으면 사후세계가 없다. 저승이 없다.
- 미륵불께서는 종교를 하나로 통일시키다.
- 진리는 자기 자신을 살필 줄 아는 것이다.
- 믿음을 단체로 파벌은 돈 버는 장사 속셈이다.
- 인류는 하나다. 신인합일 되었기에 부모와 자식의 혈연관계이다.
- 창조주 신 하나 부처님은 인류를 주관하시고 99-1이면 복을 받을 수 없다.
- 증인 삼신일체 삼위일체 합일 천지공사 책 15권~20권.
- 매스컴 45번 홍보.
- 창조주 신 하나 부처님 성각 성전 1997년 12월 7일 봉안.
- 진리 믿음 종교 통일 살기 좋은 세상 지상선국.
- 창조주 신 하나 부처님 - 인간 합일 텔레파시로 살아가기 때문에 1분 1초라도 떨어질 수 없다.
- 몇 억 년 역사 전용식, 김귀달, 전범수 마지막 일꾼 선택되었음을 인류 만방에 알림.

- 창조주 신 하나 미륵부처님 계시록 적중 인류 역사.
- 창조주 신 하나 미륵부처님 계시록 - 요한, 남사고 등등 미륵불 성지.
- 성품, 직업, 지명, 생김새, 탄생지, 한 가족 세 성인 아버지 어머니 아들 중혼 인증서.
- 미륵불과 동시 동작으로 천지공사.
- 천지공사 중 알곡을 구원하기 위해 쭉정이는 날리고 미륵불 성전 성각에 구원처 봉안 기도 도량을 1997년 12월 7일 봉안 인류 최초.
- 사주팔자를 바꾸는 미륵불 구원처 연락처 010-2537-1399 미륵불 칭호는 20호나 됨.
- 창조주 – 인간을 창조.
- 미륵불 – 인류에 한 분뿐이신 신神.
- 유일신 조물주 – 합일된 한 분뿐이신 신神.
- 신의 호칭은 많지만 다 같은 호칭이고 신은 한 분뿐임.
- 창조주 신 하나 부처님께서 진리 역사를 하나로 통일할 시점.
- 세 사람은 미륵불께 선택되어 뭇 대중들로 하여금 무명에서 깨어나게 하고 복과 지혜 텔레파시를 주시는 분을 알립니다. 진짜 참진리를 밝혀 상세하게 알립니다. 참여하실 분은 연구 분야 등에 관해 상세히 설명드리겠습니다. 종합문화교육관 창시자 김귀달께서 창시한 진리는 창조주 신 하나 부처님께서 합일되시어 많은 증표인 인증서를 만들었는데 책 『천지인』 3권, 『미륵딸』, 『미륵경』, 『격암유록 상 · 하』, 『팔만대장경 속 주인공 출현』, 『미륵여래출현경』, 『살아계신 창조주와 세 상좌』,

『대도완성』, 『감로의 법문』, 『미륵딸 1 · 2 · 3부』, 『유불선 合경전』, 『대예언서 속의 요한계시록 육육육 정도령 출현』, 『천지인 10월호』 등 20권 노래 김귀달 작사함. 노래 전문과 작곡, 축원 테이프, 노래 테이프, 천지공사 일한 과정, 행사 녹음테이프 다수, 부처님 형상 입상, 지구의를 들고 계심, 미륵불 형상 좌상(오른손은 가슴, 왼손은 중생을 향하여 법력을 주신다는 뜻을 표현함, 의미는 옳은 생각을 하면 복을 준다.)

예언서 해독 김순열 김귀달 미륵불 합일 해독 전단지, 신문, 언론, 이사 100번 넘게, 다양한 장사, 왕관(면류관) 옷으로 상징, 예언서 삼존여래 생김새, 성품, 직업, 성품, 탄생지 예언.

종교지도자 김귀달 계시록 "동녘에 해 떴다 광명 찾자!" 인류의 한 혈육 종교 진리 통일 창조주 신 하나 부처님 뜻을 새겨서 온 세상에 만복과 부귀영화 소망을 이루시기 바랍니다.

종합문화교육관 김귀달 주관 010-2537-1399 책과 사진 성각 성전 인류 역사입니다. 종합문화교육관의 주관 지존여래 백운 도주 김귀달은 현재 도사는 창조주 신 하나 미륵불 세 성인 합일 생명록 생명책.

1. 복은 어떤 분이 주고 계시는가
2. 사후세계가 있는가
3. 어떻게 해야 복을 받을 수 있는가
4. 창조주 신 하나 미륵부처님 우상을 세운 이유(인류 기초석 성각 성전 종교 진리 하나로 통일시킴, 신인합일)

❀ 신의 역할

세상의 인간이 진리를 이용한 돈벌이 장사하는 것 바로 세워 진리는 나를 찾는 것이다.

잘 살고 바로 살고 합일되어 싸움하지 않고 사람답게 살고 모든 인간 한 마음으로 살고 진리는 하나이다.

- 사후세계 악령 마귀 존재하는가
- 몸을 생각하여 오복 이치를
- 건강을 위하여 바로 된 사람이 되기 위하여 기도와 보고 듣고 계심을 바로 알고 바로 찾아서 진짜 진리는 극락, 천국, 환생, 조상 천도, 눈에 보이지 않는 것을 빌미로 이용 사기는 가짜다. 현실을 논하는 도리교 청암사만이 진짜 진리 참진리이다. 미륵불 운영하는 곳이 있다. 궁금하신 분 직접 몸으로 표적 구름 현실 꿈을 주신다. 다양하게 아주 많다.
- 쉽고 간단한 이치, 이치를 깨달음, 궁금하신 분 연락바랍니다. 믿음의 이중고를 없애고 마음의 번민을 없애고 인간 마음을 정화하여 가짜들의 행위에 대해 송두리째 뿌리 뽑기 위하여 미륵불께서 세 성인을 가족으로 성현들 뒤를 이어 부활시킨 것을 꼭 알아 바로잡아야 한다.

인류 형제자매님 모르고 계시지요 찾기 바람!

하나님께서 선택하신 이유를 말씀드립니다. 특히 믿음에 대하여 정확하게 신인합일 되어 정리하신 미륵불과 김귀달 주관으로 오로지 미륵불 뜻을 알리기 위해 하나뿐인 미륵부처님께서 김귀달에게 오직 한 길만을 달려왔음을 대공개!

하나님 사명 하나님께서는 선택하신 김귀달을 바로 된 마음과 바로 가는 믿음에 어긋나지 않고 어긋나는 악한 마음, 잡된 마음을 송두리째 뿌리 뽑는 종교 세우고 오직 하나뿐인 하나님 신 미륵불 말씀으로 미륵부처님 성각을 세우고 봉안하신 성전에 예언서 주인공을 찾으시는 분은 환영합니다.

인류 전 종교 진리를 바로 알고 싶으신 분, 오복으로 살고 싶으신 분 동참바랍니다. 믿음을 만든 이유와 믿음 이유에 대하여 바로 된 진리와 행복을 바로 전하는 바른 진리의 복밭을 가꾸어, 말만 번지르르한 삿된 종교 복 주시는 주인 없는 종교 싹 바람에 날려버립시다.

하나님께서 한 가족 한국인을 세 성인을 선택하시어 인도 도와 이스라엘 도에 물들지 않고 인류 최초로 초월했습니다.

미륵부처님 계시록 완성 십승지 완벽합니다. 너무 다 찾았는데 알릴 방법이 돈도 없고 천지공사 마무리.

창조주 신 하나 미륵부처님 우주를 다스리시는 미륵불 생불시대 열림. 죽은 석가모니는 미륵부처님 심부름을 할 수 없기 때문에 제2의 인물 세 성인이 대신 나온 것이다. 거론치 말라 하셨다. 석가 예수 바람에 사라진 것이다. 그래『요한계시록』,『팔만대장경』뭇 예언서에 기록되었다. 만인간들은 꿈 깰 때다. 미륵부처님은 원래 보고 듣고 계신다. 한 치 오차 없다. 잔머리 돌려 돈을 탐하여 이 장사 저 장사 키우지 마라 하노라. 아무리 떠들어봤댔자 이미 때는 늦다.

항복할 때만 남았다. 손들고 나와 생명책을 보고 원용수달님 뜻을 거역하면 씨도 손도 없앤다.

『격암유록』의 기록처럼 알곡은 남고 쭉정이는 버린다. 명심, 명심, 또 명심!

1997년 12월 7일 미륵불 신 하나님 성각 성전을 봉안해서 오늘도 하나님을 알려 하나님 은혜에 이바지하고 계십니다. 하나님께서 1억 년 전부터 믿음을 하나로 통일하여 하나님의 뜻을 알려 믿음을 온전케 하기 위하여 하나님 구원처에서 사주팔자를 바꾸는 미륵부처님 성각 성전에 모여 복받을 이루기 바랍니다. 010-2537-1399

하나님께서는 호칭이 20호나 됩니다. 책 20권 창조주께서 주신 계시록 내역 참조바랍니다. 인류 역사입니다. 울타리 없는 세상을 만들고 모두가 살기 좋은 세상을, 지상천국을 만들기 위함입니다.(인류 구원처)

신천촌 인류 구원처 : 경남 의령군 정곡면 적곡리 210-19번지

논술처럼 김귀달 창조주 신 하나 미륵부처님 책 15권 중 원용수달님 뜻은 무엇을 의미하는 것일까요?

미륵불은 누구를 구하기 위하여 진리 믿음 종교 주핵심 육신 마음 일체 원용수달님 원신님은 어디서 왔으며 무엇 하시는 분이신가요?

미륵불의 딸 김귀달

1. 미륵불께서 누구이며 무엇을 하는 분일까요?

김귀달은 누구이며 무엇을 했을까요?

전용식은 누구이며 무엇을 했을까요?
전범수는 누구이며 무엇을 했을까요?

미륵부처님께 합일시키신 분
미륵불께서는 아버지 어머니 합일되시어 만든 분
세 사람은 가족관계
남편 전용식, 아내 김귀달, 아들 전범수.

원용수달님 우주를 주관하시고 우주에서 최고 으뜸 신 미륵불 미륵부처님께서는 세상 만물을 창조하신 분 인간도 만드셨다.
진리와 믿음에 복 주신 주인공이시다.
미륵부처님께서는 복을 어떻게 주시는가?
인간과 합일해 계시면서 지혜를 주신다. 머리에 마음에 생각이 나게 해주신다. 내가 기도를 하면 쌍방에 같이 생각이 난다. 텔레파시를 주신다.

미륵딸 김귀달
미륵불 - 부처님 - 인간은 부처님 새끼 자식
미륵불은 무슨 담당일까요? 인간에게 무슨 도움을 줄까요?
미륵불은 인간과 함께 합일하시어 1년 12달 365일 함께 살아가고 있다. 꿈은 생각을 잘하면 좋은 꿈을 주시고, 생각을 잘못하면 안 좋은 꿈을 주신다.

부모님 역할을 했으면 어떻게 하면 은혜를 보답할 수 있습니까?

눈에 보이지 않지만 지극히도 우리 인간을 사랑하시고자 하시는 마음은 부모님 마음과도 같다. 하지만 인간의 부모님은 앞날과 하루 일기를 모르는데, 미륵불께서는 한 치 앞을 보고 듣고 계시기에 우리 인간에게 1분 1초라도 없으면 안 된다.

그렇게 도와주시는 분을 모르니 어찌 김귀달이 피나는 노력을 하지 않을 수 있겠는가.

우리를 사랑하고 복 주시는 분이시고 낮이나 밤이나 보살펴주신다.
그렇다면 우리 인간은 어떻게 보답해야 하는지 다시 한 번 생각해야 한다.

미륵불께서 무엇을 바라고 계시는지를 알아야 된다.
김귀달은 바다같이 넓고 하늘같이 높은 따뜻한 마음을 어떻게 해야 하며 어떻게 은혜에 보답해야 할까요?
집중적 생각을 깊이 해봐야 할 때다.

제3부

요한계시록』 속의 증거 자료

귀 있는 자들이여 실행할지니라. 하나님 말씀 중에 천지공사 십승지는 창조주 하나님 돌미륵입상 앞에 일곱 촛대와 금대접으로 불을 켜며 복 받으리로다. 요한계시록의 총 줄거리 세 성인께서 종교 믿음 총정리, 하나님의 말씀으로 이루신 도 완성.

6천 년 역사 신인합일 되신 뭇 성현들 뒤를 이어 세 사람은 한 가족인 엄마, 아버지, 아들로 살아계신 창조주 하나 부처님께 선택되어 어머니는 첫 번째로 오신 봄, 여름, 가을, 일을 완성하기 위하여 아버지 두 번째, 아들 세 번째, 1, 2, 3번 한 가족으로 선택되어 천지공사 마무리 완성하시고 십승지, 시온산 복밭을 일구어내기 위해 김귀달은 68세 나이로 살아계신 창조주 하나 부처님을 세상에 출현, 하나님 말씀 중에 "아비는 자식을 잃어버리고 자식은 아비를 버린 격이다. 인류에 귀 있는 자 들을지라."

하나님 아버지 격인 신인합일 된 삼위일체 삼신일체로 천지공사에 이긴 자, 세상에 태어나 궂은 일, 좋게 될 일, 천지공사 오늘까지 마무리하였음을 하나님께서 써주신 인증서이니, 종교 통일.

귀 있는 자 들을지니라, 살아계신 하나 되실 부모 역할 임하셨노라,
문의) 010-2537-1399

"하나님 말씀과 한 몸으로 동시동작하시여 십승지를 마무리.
귀 있는 자 들을지어다." <하나님 말씀 중에>

❀ 〈1〉 요한계시록

1. 하나님께서 예수께 내세에 반드시 될 일을 전하기 위하여 하나님께서 요한에게 성인들 셋 중 김귀달의 생활에 하나님 일을 요한에게 보내어 지시한 계시록이니라 <창조주 하나님 말씀 중>
2. 하나님 말씀과 예수 그리스도 증거 곧 자기가 본 것을 증거하였느니라(하나님께 예수 제자 중 요한에게 내세의 삼존 성인께서 하나님과 함께하신 종교 믿음 합일될 일을 함을 예언)
3. 살아계신 창조주 하나 부처님 말씀으로(한 가족인 세 성인) 삼존께서 요한이 기록한 것을 실행하도록 복을 주셨음을 이야기해 놓으셨다
4. 하나님께서 요한에게 계시하기를 한국의 김귀달 가족인 남편과 도를 통달하면서 원용수달님과 함께 도를 깨닫기 위해 한 말씀 우주를 주관하고 계시며(태초 때부터) 과거세 현세 미래세 삼세를 보시고 계신 분 장차 오실 김귀달에게 사명을 주기 위하여 석가 3천 예수 2천 남사고 500년 역사를 통해 뒤를 이어 일할 한 가족(남편 아들 어머니) : 삼위일체로 오신 삼존여래와 삼신일체 칠 형제 막내 끝별
5. 예수 피(죽음)로 그 뒤를 이어 하나님의 충성된 종인으로 죽은 성현들 가운데 믿음 뭇 수장들 가운데 믿음의 왕으로 김귀달에게 탄생하도록 요한계시록의 대예언서에 왕관을 쓰고 일하여 왔음을 야기해 놓은 글(땅의 임금) 머리는(믿음왕 중의 왕) 김귀달로 인하여 하나님 하나 된 신인합일 됨으로 종교 믿음 통달했다는 말씀을 왕중왕으로 풀이함

6. 하나님을 위하여 68년간 고행을 하여 우리나라 대한민국에 "동녘에 해 떴다, 광명 찾자." 33세 하나님의 말씀으로 오늘날 김귀달께 영광과 능력을 세세토록 주셨음 하나님께서 계시와 일거일동 동시동작
7. 하나님 오심을 인간 눈에 보이지 않음의 야기를 구름을 타고 오신 하나님은 김귀달의 미래를 생각지 아니하고 하나님 계시에 맞추어 하나님 심부름에만 염두(머릿속)에 두는 각인의 눈이 그를 보겠고 위에 그를 찌른(가슴 유방을 찔렀다) 삼존성인 중 찌른 자 남편 찔린 자 부인 때문에 아들 - 보는 증인 모든 족속이 그들로 인하여 애곡하리니 부모 형제 자식이 마음이 아프다는 표기
8. 하나님께서는 우주의 인간에게 없어서는 안 될 전지전능하신 신이시니 과거세 현세 미래세를 꿰뚫어보고 인간을 도와주시고 계심 현재도 보고 듣고 계신다 하나님께서 지존여래 입을 빌려 말씀하신다고 하노라 함께하심을 바라신다
9. 나 요한은 너희 형제 모든 인간은 한 핏줄이라는 뜻 하나님 말씀으로 증거인 예수님 환란 고통으로 만민이 복 받을 수 있다는 의미 하나님께서 인간의 아버지로 역할 어릴 때 엄마 젖줄 탯줄로 인해서 탄생하여 68세까지 성숙하게 하심이라 하노라
10. 하나님의 전지전능하신 뜻에 감동하여 사람들께 하나님 알리기 위하여 달성공원에서 나팔(마이크)을 크게 외치며 진도 나감 김귀달의 33년간 해놓은 일기를 일곱 군데 합일하라 편지 보내라 <하나님 말씀> 요한계시록은 세 성인의 일기
11. 서점에 책을 보내 교회 절 일반 모든 이를 알게 하고 하나님 말씀을 전하는 이 모든 이에게 언론 누구든지 꼭 보냄 알려라 하

나님 사명 마지막 일꾼 김귀달

12. 동서에서 견우직녀처럼 만남 뜻 몸을 아프게 하여 김귀달을 현 남편을 만남의 일곱 형제 중 막내인 남편과 불을 일곱 금촛대에 비유하여 말씀 금금금금 운으로 오신 인존여래
13. 천존여래를 하나님께서 명하신 임금복 긴 도포와 (옷을 입고 가슴에 도포 끈이 '금띠를 띠고' 라고 하심)
14. 천존여래는 오행 중 양띠 해에 태어났음을 어린양과 흰 양에 비유 하나님께서 전지전능하신 도를 눈을 불꽃에 비유
15. 천존여래 돌미륵좌상에 사진을 찍었는데 불광을 주셨다 빛난 주석이라 하셨다 하나님계시록 이름이 (수)자를 물소리와 같다며 하나님께서 말씀하셨다
16. 천존여래 돌미륵 형상을 아버지 모자 옷 아버지를 일곱 별 상은 천존여래 얼굴을 하나님과 함께하심을 해라 비유 전지전능한 능력 힘 있게 비치는 것 같더라
17. 하나님과 성인이 합일되어 있어 신자들께서 세 성인에게 하나님께 인사 큰절을 올릴 때 그 발 앞에 엎드려 죽은 자와 같이 되며 그가 오른손을 내 하나님 형상 돌미륵 가슴에 얹고 두려워 말라 걱정 근심 말라 이 도는 처음이요 나중이요 끝까지 가는 도라 하였도다
18. 살아계신 창조주 하나 부처님께서는 인간 몸에 계시며 전지전능하신 능력으로 계시는데 김귀달 출현 이전에는 아무도 모르기 때문에 내가(하나님) 죽었었노라 지금 이제 현세에 세세토록 살아 있어 김귀달 여자에게 평생토록 권세와 열쇠를 가졌노라 <하나님 말씀> 감추어 놓은 비밀 표기

19. 김귀달에게 하나님께서 여태껏 쌓아놓은 하나님 법을 기록 간추려 장차 할 일을 기록하여 교회와 더불어 공부 하나님에 대한 뜻을 알게 하기 위함이라 하노라
20. 김귀달 일해 온 과정을 가슴에 오른손을 얹게 하시고 인존여래칠 형제 끝별의 도 이야기를 교회 세상에 전해라, 하나님 말씀을 꼭 전해라

❀ 〈2〉 요한계시록

1. 인존여래 무서운 사자처럼 무서운 역할 담당자 금운 통달 완성 이긴 자 끝별께서 완성자 되어 하나님께서 촛불 밝혔음을 야기하신 말씀 중 하나님 말씀 김귀달 지존여래께서 인존여래를 붙잡고 하나님께 만나게 연결시키시니 편지라 하심(지존여래 인존여래 부부가 깨달음)
2. 하나님께서 김귀달이 너의 행위와 수고와 김귀달 세 성인의 인내를 알고 또 말 안 듣는 사람을 시험하여 거짓된 마음을 찾아 바르게 함
3. 또 김귀달이 네가 참고 내 이름 하나님을 위하여 견디고 게으르지 아니한 것을 아노라
4. 너를 책망할 것이 있노라 너의 첫 남편이 죽었으니 두 번째 남편인 인존여래의 건강관리와 어떤 고통이 있더라도 처음을 생각하여 회개하여 천지공사 하였노라 <하나님 말씀 중>
5. 처음 생각한 대로 행위대로 하지 않으면 하나님께서 네게 임하기를 도를 거두어 버림이라 하심
6. 인존여래를 두고 가서 손님 받으면 자기 마음대로 한다고 도 주지 않는다 그러니 행위를 미워하도다 하나님께서 미워하노라 하셨다(혼자하니니골라당이라 하심)
7. 누구든지 하나님 말씀을 들어 이긴 자 김귀달 그에게는 내(하나님) 낙원에 있는 감로를 먹어 복을 받을 복 있는 자이라 하노라
8. 처음이자 마지막 도 완성자 과거에 계셨는데 김귀달께서 합일된 뜻을 찾았다 깨달았음

9. 하나님께서는 김귀달에게 네가 궁핍을 아노니 김귀달 너는 부요한 자니라 하노라
10. 귀달아 장차 받을 고난을 두려워 말라 네가 내 하나님께 충성하라 마귀 소탕 해결하였으니 십승지를 이루었으니 면류관을 김귀달에게 주리라 <하나님 말씀>
11. 하나님께서 말씀하시기를 인존여래께서 부활하게 되어 하나님 천지공사를 마무리 작업(통달)했기에 해를 받지 아니하리라
12. 사자 별명 호랑이처럼 한 치 오차 없는 정확하신 성격 금운 오심
13. 내 하나님께서 김귀달이 네가 어디서 무엇을 하든 간에 저를 이끌고 다니며 심부름을 시켰노라 무정객 하지만 힘들고 죽임을 당할 고통이 있어도 나를 믿음 믿음을 저버리지 아니하였도다
14. 교훈 우상에 석가모니 관세음보살 비로자나니골라당을
15. 지키는 자들이 있다 그러므로 회개하라
16. 그리하지 아니하면 하나님이신 내가 네게 속히 임하여 (김귀달)이가 천지공사를 하면서 하나님의 뜻을 전하노니 그들과 대조하리로다 하노라
17. 하나님께서 말씀으로 편지 전하노니 들을지어다 이긴 자 그에게 김귀달이에게 하나님께서 감추어둔 만나를 주고(왕관과 보배와 시 등등) 하나님입상, 좌상, 목조입상, 또 흰 돌, 천존여래 돌 미륵좌상, 부자 합일 나까오리 모자(중절로)와 모자 위에 새 이름일 으뜸 원자의 기록을 한자 받는 자밖에는 그 이름을 알 사람이 없느니라. 하나님상을 울산 산등성이에 세워서 책으로 편지 보냄 지금 현재는 인존여래 탄생지에 세워져 있으며 살아계신 창조주 하나 부처님 으뜸 신으로 모셔진 입상 좌상 4가지 형

상이 하나님께서 만나 숨겨둔 것을 김귀달에게 다 주셔서 앞날에 보배라 이름하셨다.

18. 하나님께서 아버지인 인존여래 아들이 천존여래 부자 이치로 출현
19. 김귀달에게 사업 과정처럼 9가지 형상과 사랑과 믿음과 섬김과 말들을 계시 받아 일하노라 고행으로 만든 인내를 아노니 김귀달이 네가 만들어낸 천지공사 역사가 점점 많아져 가상한 저 아주 대단하구나 김귀달이 따봉
20. 김귀달에게 우상에게 제물을 바친다는 하나님의 비밀을 주셨다 <하나님 말씀 중에>(내 우상을 금으로 만듦) 하나님 말씀 마음(정성) 천제를 올려 본받으라고 하신다.
21. 내가(하나님) 전 남편은 죽고 이차 인존여래 탄생지를 가서 두 번째 남편을 만나도록 김귀달에게 지혜를 주었다.
22. 하나님께서 두 부부를 만들었다 두 부부 인존 지존 선택했다.
23. 천존여래에게 11살 때 합일되어 하나님께서는 사람의 행동과 마음을 살펴 병을 낫게 해주면서 사람의 행위를 위하고 살피면서 복 주는 지혜 주는 너희들 행하는 대로 복 주리라 하셨다
24. 때를 기다려라 시간은 많이 기다려야 하고 애를 태울 것이노라. 하나님 수수께끼를 찾노라면 힘들 것이다. <하나님 말씀 중에>
25. 어떤 일이 있고 일어나도 하나님 내가 꼭 해내고야 말 것인데 하나님을 알려 밝혀야 한다는 내용을 당부하시는 하나님 김귀달에게 굳게 참고 견뎌라 천지공사 완성해라 하노라 십승지 천지공사 완성
26. 김귀달 네가 하나님 일을 어렵고 힘들고 피를 토하는 일이 있

어도 내 심부름으로 이뤄내었기에 김귀달에게 만국을 다스리는 권세를 누리니 흰 돌, 백석 1구, 3구 백석, 하나님 돌미륵 형상, 입상, 좌상, 목조입상, 김귀달에게 권세를 주셨다. 태생지에 태극 문양, 젓갈국물에 용을, 삼봉산의 애벌레, 팔뚝 무궁화, 면류관 7개를 너에게 천지도주와 부자 이치로 만든 것이 이마에 글이 찍혔다. 하나님 권세를 받았다. 만국을 다스리는 권세와 열쇠를 받았노라.

27. 하나님 도는 철장과 같다 하노라. 하나님 아버지께 받은 도가 어느 것과 비교할 때가 없다 하노라.
28. 하나님께서 인존여래 7형제 중 끝별을 야기하심
29. 귀 있는 자~교인들이나 누구나 다 들을지니라. 하나님께서 심부름으로 하신 우상 하나님 형상을 참배 하나님께서 형상이 보이지 않고 사람과 합일되어 지혜와 텔레파시를 주시므로 신령님이시다. 인류에 귀 있는 자 들을지니라.(인간 누구나)

❀ 〈3〉 요한계시록

1. 하나님께서는 형제 7형제 중 끝별을 알며 너의 성격이 엄하여 사자와 같다 하였다. 하나님은 살아계시지만 사람 눈에 보이지 않으므로 죽었다 하노라.
2. 김귀달이는 성경을 알지 못하여 심부름만 실행하였으니 굳게 하라 하나님 앞에 사람들에게 기도정신이 부족하니 기도정진하면 많은 것을 줄 수 있는 능력 주리라.
3. 하나님 아버지께서 거룩하시며 정말 도 법력임을 알리고 사람들에게 영원한 도를 알려라 내 하나님을 알리지 못하면 나와 원수되리라.
4. 김귀달 너는 힘을 내어라 몇 명 착한 사람이 있으니 흰옷으로 표적을 나타내고 그들과 함께 하나님 있음을 꼭 알려라. 몰래 벌주고 상 주는 일 없고 진정히 복 주리라.
5. 이기는 자는 이와 같이 김귀달로 인한 아버지 하나님 즉 살아계신 창조주 하나 부처인 나를 생명책에서 반드시 흐리지 아니하고 착한 청암사 신자 몇 분께 하나님 아버지께 앞에 서서 이 글을 쓰는 오늘 말씀을 전하여 회개하여 만복을 받을 수 있는 지혜를 주어 만복을 타게 하리라.
6. 위 말씀을 모든 인류 인간들은 이 말씀 즉 하나님 법을 배우고 실행할 것을 강조하시는 말씀 귀 있는 자 들을지니라. 이 세상 사랑들 중 귀 없는 사람 있느냐 아멘
7. 세 성인 인존여래 성격이 정확하여 무섭지만 거룩하고 마음이 진실하여 정직 바른말 하는 성격 마치 하나님 성격을 닮았노라.

지존여래 역시 빈틈없는 하나님 성품을 닮아 몸종 노력으로 말이 하나도 버릴 것이 없이 책 15권을 증거해 놓았으니 귀 있는 자 실행하여 하나뿐인 하나님 나의 원한을 풀어다오 귀 있는 자들은 이 말을 듣고 회개하라. 김귀달 열쇠를 주기 위하여 천지공사를 하게 하였으니 물어봐라 만에 하나 묻지도 말고 따지지도 말고 입은 닫고 귀만 열고 있으면 살 길을 스스로 찾게 되노라. 당부 말씀 꼭 듣고 실천에 옮기면 된다.

8. 김귀달은 하나님께 전지전능하신 법력을 두었으되 사람들이 몰라 가지고 갈 사람이 없어 힘을 잃고 있는 김귀달 너의 심중을 안다. 돈 없고 힘없는 하나님 나를 배반하지 아니하였으니 내가 너에게 만나와 감로수 많은 것을 김귀달에게 열쇠를 주리로다 아멘 힘내.

9. 김귀달이 힘내라 자칭 하나님 법으로 손에 손에 손잡고 간다. 하나 거짓 없이 하나님을 섬기니 저희들이 와서 김귀달 모셔 놓은 상 돌미륵입상, 목상입상, 돌미륵입상 앞에 절하게 하고 김귀달 몸에 하나님 계심을 알게 하여 하나님 내가 김귀달의 해놓은 역사가 알려지게 하고 하나님 내가 너와 함께 있는 너 사랑한다. 그 외는 없다 할 것이다. 힘내 따봉 김귀달 고마운 너의 마음 범상하구나. 그동안 수고하고 나의(하나님) 큰 짐을 지고 68년간 산 것을 미안해 아멘

10. 김귀달은 하나님 심판일을 인내를 가지고 일했으니 하나님 말씀을 33년간 지켜 따라 했으니 시험의 때를 면하게 하리라. 즉 이는 너를 통하여 장차 온 세상에 너를 통해 시험하리라. 벌 주리라 짐을 진 자들을 거두게 될 것이다. 내 하나님 속히 임하리

니. 아멘

11. 김귀달이 네가 해나온 천서 내가 (하나님)께서 주신 작품 여러 가지 등등 면류관을 빼앗지 못하게 하리라 이 도를 양보하지 마라. 신천지에 아니 가도 저희들이 오리라 문을 열어두고 기다려라. 귀 있는 자 들을지어다.
12. 십승지를 만든 김귀달이 내 우상을 세운 곳이 하나님 성전이다. 하나님 기둥 되게 하리라. 금불상으로 세워 이긴다. 김귀달이는 하나님한테 이겼노라 금불상으로 상을 주마 걱정 마라 새 이름 으뜸 원元 자 기록하라 금불상을 하면 말이다 꼭 기록하라.
13. 귀 있는 자는 위 글을 실행하여라. 아멘
14. 세 성인 중 사자 역할로 맑은 술을 퍼마시고 담배를 세세토록 피웠으니 얼마나 고충의 연속인가 이 글 쓰는 하나님과 하나 된 김귀달 무문도통군자 충성되고 참된 성군이시니 참증인이시니 하나님의 창조 근본이신 김귀달 정말 장하구나 장해. 두 손 앞발 다 들게 할 것이다.
15. 하나님께서 너의 마음 아노니 걱정 마라. 33년간 고행 속에 뭇 장사와 고행 피눈물 나는 일이 있어도 불평불만 하지 않고 혼자서 감수하였다. 그래서 네가 열쇠를 가질 능력을 받았느니라 아멘.
16. 네가 알릴 마음 힘이 없으니 내(하나님)가 너의 증거 자료가 있느니 귀 있는 자 듣게 될 것이니 꼭 알려라. 부디부디 걱정 마라 아멘
17. 김귀달이 너는 돈이 없어도 없다고 말하지 않았고 일수 쓰면서 나를 섬겼다. 맞아도 포기하지 않았고 누명을 써도 비굴하지

않고 밥을 굶을지라도 비관하지 않고 죽을 경위가 생겨도 하나님께 매달려 '여자의 일생'과 '수덕사의 여승' 부르면서 시간을 세월을 흐느껴 울 때가 많았지. 불쌍한 내 상좌야 내 딸아 신딸 혈육의 정이 많은 탓에 얼마나 힘들었니. 4남매 자식 버리고 홀로 통곡하면서 강건한 내 딸아 이제 걱정하지 마라. 아멘이 있잖아. 어와 내가 있잖아 이 말이다 성공했다.

18. 하나님 내가 너를 이제 전 인류 사람들에게 알리니 걱정 마라. 도를 보여줄 것이니 정말로 이젠 한 점 부끄럼 없도다. 하나님 내 도가 있잖아 착하고 정직한데 무엇을 안 주겠어 그 말이다. 흰옷을 입은들 마음이 변할 거냐 너는 바빠서 검은 옷을 입고 천지공사 완벽하게 해냈잖아 고맙구나.
19. 하나님 내가 김귀달이를 사랑하는 일을 했으니 김귀달이를 책망하지 말고 합일하면 될 것인데 하노라 그러니 김귀달아 힘내어 만백성을 위하여 힘을 잃지 말고 용기를 내라 따따봉
20. 내(하나님)가 김귀달에게 만나를 줄 것이니 귀달이의 음성으로 판가름하되 김귀달이에게 들어가 하나님 계심을 알라 아멘
21. 나(하나님)와 김귀달이는 부모와 같은 따뜻한 능력을 품으며 보좌에 함께 앉은 것과 같이 하리라. 하나님께서 하시는 말씀이니 꼭 들을지어다.

❀ 〈4〉 요한계시록

하나님의 예배

1. 하나님께서 주시는 도가 있는데 김귀달이가 사람들께 전하는 말과 행하던 여러 가지 내(하나님)가 준 많은 진정한 보물 찾고 이제서 말하니 마땅히 알겠구나 만인이 알아보겠구나 말이다.
2. 하나님께서 김귀달의 일거일동을 보니 내가 졌어. 너를 한 점 부끄럼 없이 빈 주먹과 장사로 모든 것 끈기와 용기로 했으니 어느 누가 감히 너의 흉내를 내겠느냐 이 말이다. 신딸 내 딸아 그동안 금은보화를 만들었잖아 내(하나님)가 김귀달이 네게 보여주도다 너는 알지 않니 내 참모습 마음을 말이다 아멘
3. 백옥 같은 마음을 나타내기 위하여 천사복 입었잖니 홍보석 무지개를 보고 십승지의 마크 녹보석 같더라 나중에 태극기가 세계적으로 된다 한 그 배지(badge) 말이다 몇 사람이나 달고 있는지 후회할 거다.
4. 임금복과 면류관 한복 학사모 금 왕관 은 왕관까지 쓰고 입었다 기록한 것대로 해냈다 정말 감사하구나 신딸, 내 딸 걱정 마라 키 작아도 크구나 글 없이도 해냈잖니 돈 없어도 부자이고 제자 제자 불쌍하구나 노래 20곡 있잖아 꾀 할 만하지 그렇지 내 말이 빈말 아니지 꼭 해내자 파이팅 굳세어라 김귀달아
5. 인존여래 보좌관 얼마나 사자 악마처럼 나 하나님 대신 역할로 했으니 번개음성, 뇌성소리로 때리고 부수고 차고 박살내 강건한 하나님 아빠 역할 하느라 죽어갔잖아 일곱 형제 중 막내인데 공부도 못 하고 입지도 못 하고 멸시받고 리어카에 잠자면서 컸

잖아. 그리고 마방이지 사자처럼 덤벼들고 창칼로 창을 치듯이 하나님 따지고 할 능력이 되지 무섭다. 성군이 되기 위해서 얼마나 무서운가 말이다. 딸 내 딸 신딸 내(하나님) 딸아 이 글만 보아도 성군이로구나 무기 없는 병사로 이겼다 걱정 마라 하노라.

6. 생물로 태어나 하나님 덕분에 앞뒤 보살펴주신 덕택에 십승지가 완성되었구나 아멘
7. 내가 볼 때 남편 인존여래는 무서운 사자 같고 부인 지존여래는 소처럼 봄 여름 가을 일 다 했으니 얼마나 고생고생 했던가 아들 천존여래는 대학원까지 나왔으니 사람다운 사람이라 하노라 독수리처럼 나는 새처럼 순식간에 하루 1,500명 왔다갔다 독수리처럼 하나님께서 번개처럼 법력도를 내리셨다. 뜻이 다 양띠로 태어났다.
8. 세 성인 남편 마누라 아들 삼인이 모여서 세 성인을 하나님께서 1) 거룩하다 2) 거룩하다 거룩하다 하나님 말씀 칭찬한 대목을 세 성인이 법을 펼 때 예전에도 계셨고 이제도 계셨다 앞으로도 계속 계신다고 알렸다 하나님 감사합니다.
9. 김귀달 흰 천사복 한복 그러나 하나님 일하는 김귀달은 마음이 흰 하얀 색깔보다 더 하얀 마음처럼 앞으로 금 면류관을 쓰고 앉을 거다 나(하나님)에게 상을 받으리라
10. 보좌에 앉으신 네 하나님 앞에 돌미륵 하나님 우상에게 이 앞에 세세토록 경배하고 김귀달에게 상으로 면류관을 주심
11. 우주를 주관하시는 하나님이시여 영광과 존귀와 능력을 받으시는 것이 합당하오니 하나님께서 만물을 지으신지라 만물이 하나님 뜻으로 되소서 저 김귀달이도 만복을 길이길이 보전하

도록 하게 해주십시오 하나님 집과 하나님 돌미륵상을 금으로
만들게 하라 하노라 아멘

❀ 〈5〉 요한계시록

1. 하나님 보좌관인 지존여래는 오른손을 가슴에 얹고 말씀하시기를 그 뜻은 옳은 생각을 하면 내(하나님)가 너희들에게 복을 주나니 끝별 인존여래로 인하여 통달하였다를 하나님 말씀으로 했기에 내(하나님)가 보매 보좌에 앉으신 하나님상을 이야기 아멘
2. 책과 어린양

   하늘 위나 땅 위에나 땅 아래에 능히 책을 펴거나 보거나 할 이가 없다.
3. 위 글은 우주를 주관하는 하나님과 원용수달님밖에 능히 해본자 또는 할 수 있는 자가 없도다 하노라 <하나님 말씀 중에>
4. 김귀달은 무너졌도다 무너졌도다 우리 신령 하나님 천지공사가 헛공사 되는가 걱정하면서 가짜 진짜 몰라보느니 가슴이 아파서 어이할꼬라고 한탄했다.
5. 하나님과 몇 분의 신자가 안 무너진다 하더라. 세 분 여래님 도사님을 알아줄 날이 올 것입니다 하더이다. 추수 때나 온다고 했다 세 성인을 알아준다고 했다.
6. 내(하나님)가 보니 보좌가 엄마 아빠 사이에 양띠를 가진 어린 11세 나이로 태어날 때 숨이 끊어질 뻔해서 놀랐다 아빠가 끝별로 탄생된 것이 계기가 되어 일곱 형제이므로 끝별로 칠이라는 숫자가 뜻이다. 또한 일곱 뿔, 일곱 눈 하나님의 일곱 명이더라 하더라.
7. 하나님께서 어린양인 아들을 아버지 어머니 뒤를 이어온 고로 하나님 아들 또 양띠로 나온 대목이다. 세 성인께서 다양하게 나타나서 33년간에 실행하여 또한 진도로 실행 또 실행 책으로 쓰

니라 했도다. 15권 책 속에 비밀스럽게 간추림.

8. 15권의 책 언론의 매스컴 등등 하고 김귀달과 어린양이었는데 엄마 젖을 먹지 아니한 아들 양띠 아들한테 있는 하나님께서 거문고와 향이 가득한 금대접을 가졌으니 이 향은 성도의 기도처이다.
9. 청암사 새 노래와 김귀달 33년간 실행하여 책을 쓴 15권 중에 인증하기에 하나님 말씀으로 진도로 일하는 과정이 있어 김귀달이가 일해 나왔다고 하니 합당하다고 하였다. 공부하는 것이 맞다. 세 성인의 일해 온 과정이 법을 알아야 한다고 성현들 뒤를 이어 죽은 자 뒤를 이어 하나님 뜻을 이어 나온다 하노라.
10. 천지공사 중 참고 또 참고 하나님 앞에 섰고 뭇 인간 앞에 서게 되었노라 천제를 올려 복 받고 지혜를 주시는 텔레파시를 받도록 하게 되었으니 땅에서 인류의 왕관을 쓰게 하노라
11. 하나님께 보좌 김귀달과 남편 아들 세 성인께서 하나님의 일을 완성하였으니 따르는 사람이 많음 서로 대접하기를 원망 없이 하고 각각 은사 받은 대로 하고 하나님의 각양 은혜를 맡은 선한 청지기같이 서로 봉사하리라. 김귀달이는 만일 누가 말하면 하나를 하려면 하나님의 공급하시는 힘으로 하는 것 같이 하라.
12. 아버지(인존여래) 아들인 천지도주님(천존여래) 태어날 때 숨이 멈춰졌는데 산파를 불러다가 살렸다. 하나님께서 천존여래라 임하게 하시어 영광을 받으시기에 합당하도다 하노라.
13. 이 세상천지 모든 만물 가운데 보좌에 양띠로 오신 셋째 성인께 영광을 능력을 세세토록 돌릴지어다 하니 부모님 뒤를 이었도다.
14. 지존여래 인존여래 두 분의 뒤를 이어 양띠로 오신 하나님께 경배하라 하노라.

❀ 〈6〉 요한계시록

1. 일곱 별 인존여래의 아들인 양띠로 오신 아들에게 한 치 오차 없이 거짓 없는 교육을 시켰으니 하나님께 11세의 나이에 하나님 법 일을 시작하게 하셨다. 하루에 1,500명을 전지전능하신 능력을 몸과 마음에 도를 주셨으므로 이긴 자 십승지를 만든 것이며 1992년도에 시온산 십승지를 만들었다.
2. 하나님과 인존여래 면류관을 받은 지존여래께 이긴 자가 되게 하셨다 (하나님께서) 만든 사람 이기게 하시더라.
3. 인존여래께서 하나님 뜻을 전하는 김귀달과 부부의 연을 맺으면서 집을 정했다.
4. 김치 젓갈 국물에 용이 사진 촬영 홍룡 목조 살아계신 창조주 하나님.
5. 목조 살아계신 창조주 하나님 입상
6. 인존여래께서 지존여래를 만난 이후 술을 많이 먹고 지존여래는 감나무에 올라 홍시를 따먹는다. 십승지를 일구어낼 수 있었다. <하나님 말씀 중>
7. 원신 하나님 최고로 신인합일 되신 살아계신 으뜸 신 마무리 울산 하나님 돌미륵입상을 세워야 하며
8. 백석 세운 이후 천사복 입은 후 사진 촬영 지존여래에게 하나님께서 증표 태극 문양, 팔 무궁화꽃, 애벌레, 1백석 3백석
9. 이제 천제를 올려 만복을 받고 그러기에 하나님 우상을 체험 사후세계 없음과 인간이 죽으면 혼령이 없어 하나님과 함께 살아 지혜를 받다 몸이 썩어지면 하나님께서 기를 주지 않으시고 줄

수가 없다. 동식물도 하나님의 기가 흐른다.

10. 하나님과 인간은 함께 신인합일 되어 있으며 김귀달이는 도 닦은 이들 중에 왕 중의 왕이로다 하노라. 면류관과 왕 옷을 입은 이유는 여기 있노라.
11. 위 글처럼 최고의 수장이 되기까지는 수천 년 전에 해놓은 수수께끼를 감추어 놓은 대예언서 속 주인공께서만 김귀달이 혼자에게만 만나를 맛보게 하여 끈기와 인내로 할 수 있게 하였노라 <하나님 말씀 중>
12. 하나님께서 진도가 나가게 하니 구름으로 하나님상을 그려주셨고 구름으로 닭, 양, 쥐를 그려주셨고 삼인일 것 닦을 수, 통달 달, 녹일 용 업장을 녹인다 하여 삼봉산을 세 사람으로 증표를 주실 때 구름으로 표기 증표 주셨다. 그 증표는 애벌레, 불광하나님께서 그려주셨다. 아멘
13. 사람은 태어나고 죽는 것이 마땅하나 하나님이 주신 수명이 다할 때가 있어 누구도 죽어죽고 죽어 또 죽고 대를 이어 또 죽어갔다 무덤에 묻힌 자 살아 나온 자 없느리라 천수를 누릴 장사누가 있었노
14. 벼슬하시다 떠나시고 태풍에 흔들려서 선과실이 땅에 떨어지듯이 임금 왕족 장군 부자 강한 각 종파 믿음 수장 지도자도 납골당 산에 들어가 누워 있게 되니 하나님 기가 빠지면 썩어지는 것이 현실이다 하노라 어디까지가 영생이라 하던가.
15. 영생 영생 어디 또 있더란 말인가 <하나님 말씀 중에>
16. 세 성인 위에 아무도 없는지라 하나님과 삼신일체 삼위일체로 왕림하신 원용수달님 합일되신 지구에 믿음 통일 지킬 자 주인

공 출현 믿어 의심 않는다면 더 할 말 없건만 누가 할 말 있으면 오라 하노라. 저 군자들아 보지도 듣지도 아니한 혼령 있다 말하지 말라 후세는 금세다 하신 말이 있다 하노라.
양띠로 오신 정도령 언제 나오실꼬 동서남북 인간의 마음길이 막혔으니 흔적 없네 임금 나오라고 길 닦았더니 똥차가 지나가네 돈, 황금에 어두운 자들아 천국 갈 열쇠를 주리니 만국에서 천국에 오리라 파이팅 만세 천세 만세 만만세 하노라 666은 이 날은 무슨 날인가? 처음이자 마지막으로 오실 하나님께서 양띠로 오신 날짜 6월 28일 윤유월 음력 6월 30일 양력 6월 30일 탄신일 증표 암호이다.

❀ 〈7〉 요한계시록

1. 하나님께서 김귀달에게 마음이 하얀 마음보다 더 하얀 마음이었기에 땅이 갈라지는 고통 태풍이 몰아치는 고통 이겨내고 큰 나무처럼 쓰러지지 않았다. 세 평 방 안에 큰 고목나무가 잘려져서 가득 차 있는 꿈처럼 쓰러지지 않고 계속 일했다. 하나님 말씀에 "동녘에 해 떴다 광명 찾자" 하신 하나님 말씀 정말 강건하고 굳건해 단단하고 튼튼해 도의 걸음마 시작부터 끝까지 완성 십승지 시온산이 되었네요. 해내겠다 표시 <하나님 말씀 중>
2. 살아 있을 때만이 하나님 일꾼 되니 한 치 오차 없이 일하였네 1980년 2월 6일 하나님 말씀에 "동녘에 해 떴다 광명 찾자"라는 말씀대로 한국 동방에 한 여인이 치마를 둘러 여자지만 남자 역할 하였다. 복을 주고 명줄 주시는 하나님 살아계신 창조주 신 하나 부처님 세상에 처음부터 계셨네 끝까지 계시니 전에도 계셨고 이제도 계시니 신인합일일세 지혜 주시고 텔레파시 주시니 은혜자이시네 성경을 바로 알고 믿음을 바로 행하여 만복과 부귀영화 합세 이루세. 백석 땅 모퉁이에 장인이 버린 돌 증표를 주셨네. 진동과 전율 흐름 무겁게 들렸다 가볍게 들렸다, 안 들렸다 증인 증표 주셨네. MBC 매스컴에 나온 일 있었네. 하나님께서 줄줄이 다 풀어주시네. 무문 티 하나도 없게 해주시는 은혜자 해인 증표 증거로구나.
3. 하나님께서 삼존여래를 통하여 시온산 천지도주상과 어린양이란 양띠 11세 나이로 하나님 강림 아버지 부자관계 인존여래와 아들 천존여래, 천존여래의 이름이 수자이니 물소리라 함. 이마

에 글 새김 으뜸 원자 쓰여짐을 말함.

인존여래 – 뇌성 큰 고함 목소리.

지존여래 노래는 시도 때도 없이 부른다 하여 미륵불께서 안전한 마음을 다독여 나왔으니 진행이 무탈했다. 그러므로 중생을 다스리는데 고수 최고로 높이 되어졌다 하네. 세 성인을 통해 마지막 여래의 돌미륵좌상의 이마에 으뜸 원자 글자를 찍어 놓았다네. 이 증표는 하나님 하시는 일에 방해자 없게 함이네 시기, 질투, 가식 없이 응원할 일이로다 하노라.

4. (내가) 하나님께서 도장을 찍은 사람의 숫자 도리교에 하루에 1,500명 왕래하신 성도가 되기 위하고 명과 복을 타러 온 사람 숫자가 한국사람 중에 숫자 144,000명이더라 지금도 오더라 하나님 말씀 중에 음력 6월 28일 탄신일 천제를 하나님의 도 김귀달께서 만나를 줄 것이므로 문의 전화 참석자만이 연락 가능 010-2537-1399 주인공 바로 통화
5. (내) 하나님 말씀 중 도 닦지 아니하더라 모른 자 목말라 하는 자
6. 도를 알고 싶어 하는 자들이 많도다.
7. 알려진 자 없기 때문에 헤맨다 하노라.
8. 도를 모른 자 있노니 걱정하노라.
9. 하나님(내가) 보니 증거 없는 증표 없는 자들이 어린양 앞에 흰옷을 입고 (마음을) 비우고 양띠로 오신 성인을 보좌 놓은 자리에 마지막 양에게 증표 주심
10. 하나님 상좌인데 양띠로 오신 구세주 역할 할 것이다 하도다 11세 나이로 하나님 심부름 하신 마지막 심부름 하신 11세로 어린이가 양띠로 오심 시온산 십승지 만들었다 아버지의 탄생

지 의령군 정곡면 증표 세워져 있음과 살아계신 창조주 하나 부처님 돌미륵입상 좌상 다양하게 세워져 있노라 <하나님 말씀 중에>

11. 세 성인께 절은 했지만 실제로는 하나님께 하신 것이노라 그래서 앞으로 금불상으로 세울 것이노라 하셨다.
12. 위 글에 금불상의 영광과 지혜와 감사와 존귀와 능력과 힘이 우리 하나님 모셔지면 그 능력은 세상에 최고로 주신다는 하나님 말씀이노라 하셨다.
13. 흰옷 입은 자 누구이냐 (내)하나님께서 (환난)에서 마음이 반란 따로 있는 자인데 어린양에게
14. 마음을 아프게 한 자들이노라 마음을 깨닫노라 하셨다.
15. 하나님의 법력은 섬기면 섬길수록 복밭이 크더라 하노라.
16. 하나님의 도는 줄어지지도 아니하고 목마르지도 아니하며 해가 아무리 뜨거워도 뜨겁거나 춥지 아니할 자니라
17. 양띠로 오신 상좌는 하나님의 보좌로 생명 샘으로 인도하시고 모든 물로 씻어주심이심이라.

❀ 〈8〉 요한계시록

1. 청암도주 인존여래께서 1945년 9월 2일(음력) 탄생 경남 의령군 정곡면 적곡리에 반월지 사평, 평사 태어남
   요한계시록 속 주인공 세 성인 일꾼 김귀달 봄, 여름, 가을.
2. 하나님께서는 뭇 성현들 성경, 예수 요한 뒤를 이어서 천지공사 종교 믿음 통일시킬 하나님 일하실 일꾼으로 일곱 형제 중 끝별 7남매 중 막내 끝별로 탄생
3. 인존여래 – 지존여래 – 천존여래 아버지 어머니 아들 한 가족이 첫 번째 김귀달 남편 아들 한 가족으로 33년간 성도들의 기도처 하나님 돌미륵입상, 좌상 목불 등등 그림 제단 천제 올리는 제단 만들어 종교 통일 일원을 만들어 성도들의 기도처와 금촛대 향로를 놓고 금단 기도드리는 천제를 올리는 하나님 금불상을 만들 것을 알리노라 금단을 만들라 금으로 만들라 하나님 하시는 말씀
4. 향 연기가 하나님 우상을 세워 성도들이 기도와 함께 천사의 손으로부터 하나님 앞에 모여서 함께 기도처에 오라 하시도다 아멘
5. 지존여래이신 김귀달께 하나님 우상을 모신 곳의 향로에 불을 담다. 인존여래께 하나님 말씀으로 하나님 일하신 뜻을 하나님 계심을 인류에 알려 번개처럼 지진 일어나는 것처럼 세상에
6. 일곱 형제 중 끝별인 지존여래가 마이크나 크게는 매스컴 텔레비전 신분에 알릴 일을 예비했더라 하나님 말씀을 인류에 전하게 하노라.
7. 지존여래께서는 33년 68세토록 고생을 벗 삼아 피를 토하는 고

통으로 하나님 역사를 예언서 요한계시록에 대한 내용 하나님께 끌려 다니며 이사를 100번 넘게 한 김귀달 나는 하나님 말씀과 법력 도로써 몸이 아파 죽어가며 동서남북 끌려 다니는 행색으로 하나님과 일거일동 동시동작 일함을 말씀이다.

8. 두 번째 인존여래께서 하나님께서 숨겨둔 수수께끼 같은 천지공사 하던 중 첫 번째 지존여래와 큰 산을 들어다 바다를 메우는 힘든 몸고통과 마음육신이 힘들고 세 성인께서 피눈물을 흘리며 그 과정 만인을 구휼하기 위해 바다에 몸을 던지고 산에 묻히는 사연을 하나님께서 인류가 믿음 종교 찾고 찾아서 하나 됨을 묵묵히 일하였다는 내용을 이야기하였음을 증명하노라.
9. 인류가 하나 되기 위해서 흘러나오면서 예수 그리스도가 죽고 석가가 죽고 그 뒤 신앙인들이 얼마나 고행하고 죽었는가를 이 글을 보면 알 수 있나이다. 곳곳에서 너도나도 주인공이다.
   하나님을 모신 주인공 십승지를 세웠다. 대역사가 흘러나와도 끝맺음을 하지 못한 뜻을 여기 요한계시록에 묵묵부답으로 다 죽어 깨어졌노라고 주인공 없다고 유유히 적었노라 김귀달은 하나님 말씀으로 증인 인증서를 33년간 받기 위하여 가지가지 증표를 많이 받아서 길고 짧은 답을 해놓다 하나님 말씀을 '도' 로 자료가 있나니 확인하여라 하나님께서 명하노니 인류 하나님 자식으로서 하나님과 함께 합일하였으니 꼭 하나님의 이 과정을 찾는 자 복 있는 자이니 참석하여 길이길이 하나님 끝맺음을 마지막 이긴 자 승리자 김귀달을 찾으면 다 해결되노니 그렇게 쉽게 해결 방침이 되었노라 아멘
10. 세 번째 천존여래 아들이 하나님께 선택되어 하루에 1,500명이

와서(입전권) 도장을 찍었으며 하나님 말씀과 도를 받기 위해 끊임없이 줄을 세웠는데 이름이(수) 샘물에 비유 강을 비유 큰 별 하나님 법을 이야기 (나팔) 비유 등 얼마나 고행스러웠다.

11. 이 별은 하나님 감로 하나님 도를 알아서 천수를 더하고 하나님 말씀을 지키는 자는 하나님 감로로서 건강을 유지하여 벌 받지 않도록 인간답게 사람답게 물 공기를 잘 관리하여 오염을 시키지 아니하여라. 정직과 바른말을 하는 인간이 참인간을 하나님께서 만들기 위해, 많은 사람을 거쳐서 깨우치게 하기 위함이 진리니라 하노라, 하나님께서 말하노니 세상 일꾼들 하나님 없이 일하겠나 주인공인 나를(하나님) 찾아서 뭉쳐라 뭉치면 살고 흩어지면 도가 깨어지고 진리는 하나이니 복 주시는 분은 한 분이시다. 천당 지옥 나(하나님)를 김귀달을 만나면 해결 완성 십승지 도는 하나 복 주시는 분도 하나 무엇이 진리냐 도는 무엇이냐 지금 이 글을 쓰는 이유도 내(하나님)가 쓰노라. 의심할 것 없이 말세 주인공 합일 바라노라 갈대처럼 흔들리며 찾는 곳 김귀달이 있는 곳에 십승지 하나님 계신 곳 하나뿐인 (살아계신 창조주 부처님) 이 땅 위에 사람 즉 살아계신 인간에게 함께 하노라 만세 만만세 김귀달이가 하나님(내)께 이겼노라. 아멘. 찾으면 해결 따따봉.
끝 동참

12. 하나님께서는 원용수달님께서 일을 다 해놓았다는 말씀이니라. 이 말을 듣지 아니하는 자는 화가 있으리로다. 원용수달님 외에도 하나님 알리는 일꾼이다 하노라.

❀ 〈9〉 요한계시록

1. 하나님 (내가) 보니 덜 익은 감 틀렸으니 동참해야 한다 <하나님 말씀> (어두워지며)
2. 권세와 연기 운 아니다 아니다 하나님 말씀 중에서 김귀달 말씀 들어야 진짜 진짜 이기노라 하노라.
3. 김귀달이 해놓은 위력을 알아야 할지니라 하시노라. 김귀달의 말씀을 (전달) 받아야 한다 받는 자는 반드시 권세와 같은 권세를 받았더라 받는다 하노라 하나님 법을 따라와 따라와 따라와 빨리 따라와 하나님 할 일이 많다 하노라 <하나님 말씀 중에>
4. 다른 것이 틀린 것이니 (이마에 하나님의 뜻)에만 따르노라 하나님께서 찍은 글 있노라.
5. 죽지 못해 살아나온 주인공은 하나님 계심을 전갈하기 위해 오늘날 모진 고통 모진 풍파 참느라고 괴롭고 고통스러운 현 시점이노라 하노라, 죽고 싶어도 죽지 못한 사람다운 사람이더라 하노라 아멘
6. 하나님께서 죽으려고 하면 건져주셔서 68세토록 무진장 급살이 있는데 죽지 아니하고 여기까지 하나님 천지공사 완성 성공 하나님 나투심을 성공했고 십승지, 증표, 몸으로 그림으로 많은 것이 있노니 김귀달에게 물어보면 하루아침에 성군이 되어 거행, 만만세로다
7. 어떻게 보면 싸움박질할 말 같고 하나님 나오실 예비하신 김귀달은 면류관을 쓰고 사진만 찍었지 실제로는 쓰지 아니하였다는 (증언) 비슷하다라고 하노라 인증서이니라

8. 또 여자성인 하나님 일꾼 김귀달은 무섭게 하나님 역임을 하노라.
9. 계속 전진하면서 언제 어디서 무엇을 하나님 법은 정직 바른말 하면서도 싸우지 말고 당하지 말고 꿋꿋이 무섭게 과감하게 하라 하노라 하더라.
10. 또 전갈은 하나님 도와 말씀을 다섯 달은 배워야 한다. 그래야 하나 부처님 말씀을 지혜 받을 것이노라 하노라
11. 인간과 하나님은 합일되어 있으니 꼭 참고하라 하시노라.
12. 굽이굽이 하나님 법이 전해졌으나 바르게 전해지지 못하였음을 누누이 강조한 말씀이 하나님 말씀을 전했으니 꼭 알기 바란다.
13. 요한계시록 전달했다 하노니 이제 하나님 금단을 세울 것이다. 아멘
14. 요한계시록을 손에 잡혀주어 읽어보니 68년간 일한 과정 김귀달의 일기로다. 하나님 말씀(내가) 보매 하나님께서 일거일동 동시동작으로 해냈기 때문에 인류 어느 누가 김귀달이를 초월할 자 없느니 동참 바라노라.
15. 1948년 11월 16일(음력) 새벽 5시 탄생 하나님께서는 천지공사 마지막 일꾼으로 선택하시어 진주 망경남동 망경초등학교 뒤 할머니 어머니 김귀달 삼대가 진주에 살았음 모진 고통 있는 가정 속 무문 진주 천전초교 3학년 중퇴 5학년 중퇴 글 없이 하나님, 심부름을 33세부터 첫 말씀 "동녘에 해 떴다 광명 찾자!" 첫 말씀 중 33년 하나님의 심부름을 하고 보니 십승지 시온산을 이룰 사명이 있었으므로 지금까지 진행 중
16. 천존여래 천지공사 중 하나님께서 오신 후 발을 보매한 자

1440만인이 왔다갔음을 이야기하셨는데 도장 찍은 사람만 하나님께서 그 숫자를 아노니 하신 말씀

17. 세 성인은 하나님 말씀대로만 하고 실행한다 뜻이다, 아멘
18. 이 세 사람은 하나님 말씀을 그대로 전전전한다(세 사람이라는 뜻) 하노라. 아멘
19. 하나님 말씀으로 하니까 도를 주시더라 거짓은 하지 않는다. 아멘
20. 하나님께 마지막 증표로 좌상금침 하나님의 상은 금, 은, 목, 동 4가지를 현실로 세웠노라 김귀달은 자기 머리로 가짜로 세운 것이 아니라 하나님께 이렇게 몇 자 몇 자 가로세로 어떻게 이렇게 하여라 하시어 울산 의령 대구 이렇게 깨닫기 위해 이사 100군데 넘게 피나는 여행 아닌 여행을 하여 개도 여행가는 시국에 단 한 번도 가지 않고 68년 동안 많은 모진 고통을 겪고 하나님 일을 오로지 하나님 심부름을 하고 정말 피눈물 나는 고통으로 인내와 끈기와 정직 바른말로 수천 번 수만 번 죽을 고비가 있노라 하나님 인증서 작성하기 위한 고생
21. 상인, 복수, 욕, 도덕 생활 속에서 장사로 배려하며 천지공사 완성하였노라, 정직 바른말 전진 진행으로 십승지의 시온산 노고산 에덴동산 하나님 말씀으로 찍힌 사람이다 하노라.

❀ 〈10〉 요한계시록

1. 하나님께서 구름을 그려주셔서 힘나게 하시고 불광 태양과 태양 둘레에 무지개를 그려서 배지(badge) 만들게 하시는 등등 셀 수 없는 도를 주셨으므로 이렇게 큰일을 해내었다.
2. 만고행으로 무문인 김귀달이는 33년 동안 믿음 종교 물든 것을 하나로 통일 바로 세우기 위하여 책 15권 등등 썼고 하여 하나님께 우주를 주관하시니 이렇게 몇 천 년 역사를 하나님 힘으로 했다는 뜻을 표기해 놓았다 아멘
3. 남편은 하나님 말씀으로 한 것이 아니기 때문에 큰 소리로 소주 담배로 진행했다.(속이 상할 때가 있어서)
4. 도를 깨달음이 너무 가혹한 행동으로 시비가 분분하기에 하나님 말씀에 인존여래 말은 기록하지 마라 그럴 만한 일이며 그렇게 아니하면 김귀달이 네가 깨닫지 못하고 도를 통달할 수 없으니 참아라 참고 묵묵부답으로 해온 것이 이긴 자 완성자 십승지 시온산을 세웠노라 하시노라 만세만세 만만세 이겼다 아멘
5. 이겼다 인류 최초로 일등을 하나님께서 주신 번호 1등 하였노라 아멘
6. 살아계신 창조주 하나 부처님께서 우주를 주관하오며 청암사 도리교 종합문화교육관을 운영하는 지존여래 김귀달을 하나님 알리는 인증서를 만들기 위하여 3천 년 석가, 2천 년 예수 요한, 5백 년 남사고 역사에 일기처럼 하나님의 수수께끼를 다 풀게 하였으니 만국의 어머니 역할 대한민국을 빛내고 잘 사는 하나님 실존을 알려 지상선국 낙원을 건설하여 울타리 없는 지상천국

만들어 살기 좋은 나라에 일꾼이 되시게 도리교 김귀달에게 하나님께서 사명

7. 일곱 군데 시찰 김귀달과 하나님께서 실행하여 이 글을 쓰게 하셨다. 이제 보니 김귀달이 너만 한 일꾼이 없었음을 알리기 위하여 7군데를 실행하게 하였다 하시노니 어찌 기쁘지 아니한가 김귀달아 하나님 비밀을 세상에 공개하게 될 것임을 아시고 계시노라 감사합니다.
8. 하나님 가로되 또 이 책을 만들라 하시니 돈이 걱정이구나 아멘
9. 돈이 없지만 하나님 계심을 전하는 복음이니 춤이라도 덩실 노래라도 불러 의심 없는 내 마음이 천사 같더라 오늘 기쁨 아멘
10. 하나님께서는 지금이 네가 더 필요하다 이 책을 내면 너는 좀 쉬게 하리라 아멘
11. 김귀달이 너는 지식이 없어서 더 큰 일꾼이 되었으니 걱정하지 않아도 되니라 하노라 하나님 말씀 중에 많은 사람이 모여서 의논하리라.

❀ 〈11〉 요한계시록

1. 의령에 모셔진 하나님상에 성전과 제단에 경배할 하나님 집을 크게 지어라 하노라 아멘.
2. 의령 성전 그대로 두어라 의논하여 하나님 성전 세우리라 하노라 아멘.
3. 인존여래 천존여래 두 주인에게 권세를 주리니 굵은 베옷을 하나님 말씀 남에게 그릇이 될 옷을 입어라.
4. 도를 완성한 아무도 못 따먹은 것을 너희들 세 사람 중 김귀달 네가 해냈으니 하나님 형상 앞에 많은 사람들이 와서 금불상과 금촛대를 만들라. 하나님 우상을 금으로 하여라 하노라 아멘.
5. 김귀달아 걱정 마라. 네가 일하는데 방해하는 자가 있다면 (해하고자 한즉) 하나님께서 화가 나시면 노하게 되시면 그 원수들을 소멸할지니 누구든지 해하려면 반드시 이와 같이 죽임을 당하리라 하노라 아멘.
6. 먼저 오는 자 구원 받을지니라 권세를 주리라 아멘.
7. 하나님께서 누구든 싸우지 마라 귀 있는 자 들을지니라.
8. 이긴 자 김귀달이 이룬 십승지인 의령에 하나님 돌미륵 본당에 대를 이루어질 것이니 <하나님 말씀 중> 아멘.
9. 김귀달 너의 뒤를 받들어 함께 천지공사 해나온 이들은 기특하구나 아멘.
10. 천지공사 중 도와준 이들 몇 사람들은 기쁘고 서로 좋아하겠구려 그동안 너를 보아온 공이 있으니 하나님 말씀 아멘.
11. 하나님께서 3일 내로 다 하여라 하노니 밤새 커피 마시고 했습

니다. 이 탈을 벗기 위해 모름지기 하고 있다.

12. 33년 동안 구경거리 공원 원숭이 보듯 일해 온 과정이 하루아침 요한계시록에 있는 문구를 보니 정말 큰일을 했구나 하도다 아멘.
13. 하나님께서 이다지 깊숙이 파놓으신 줄 몰랐다. 김귀달이 너는 나의 심중을 알게 될 것이라 했노라 하나님 말씀 의심 않고 해냈기에 너의 모든 권세와 영광의 빛 주노라 받게 되었다 아멘.
14. 겁내고 겁냈던 둘째 인존여래는 동행하니 걱정 없구나 셋째 천존여래인 아들도 걱정할 것 없구나.
15. 모든 사람에게 알리게 되노니 하나님도 안심하도다 하노라.
16. 24시간 하나님 앞에 기도 경배하리라 아멘.
17. 김귀달이는 하얀 마음보다 하얗구나 알리기를 그 옛날부터 우주를 다스리며 계셨고 현재도 인간과 함께하시고 계시며 사후 세계는 없고 죽으면 하나님 일하지 못하며 하는 하나님 말씀 중 아멘.
18. 하나님께서 말씀하시되 죽은 자는 쓸모없으니 살아 있는 성인 군자들아 다모여 하나님 아는 김귀달에게 모여라 하노라 아멘.
19. 하나님 성전을 만들어 놓았으니 하나님과 세 성인 언약 해온 대로 다했다 하노라 아멘.

❀ 〈12〉 요한계시록

1. 하나님께서 내리신 사명을 받은 김귀달 달을 가진 이름이여 하나님 말씀으로 면류관을 쓰고 천지공사 증명서와 인증서를 받았노라 아멘.
2. 하나님께서 부부를 주시고 자식을 주셔서 천지공사 하나님 말씀을 따랐지만 자식을 제대로 돌보지 못해서 마음이 아파 가슴이 찢어지도록 아파 배 아파 낳은 자식을 버렸듯 만고행을 시켰으니 얼마나 어미로서 새끼 걱정을 하였다는 하나님 말씀 아멘.
3. 천지공사 하나님 심부름 중 김치장사 하라 명하셔서 젓갈 50통을 담갔는데 그 50통을 김치 담글 때 쓸 재료라면 얼마나 많은 김치이던가 하루 17시간 일하여 얻은 상은 김치 담글 젓갈 국물에 용이 그려져 기이하여 사진을 찍었더니 불광을 주셔서 하나님께서 만드신 홍룡이더라. 하나님께서 작품인 김귀달에게 뭇 사람이 인정할 수 있는 표적을 세운 것임을 더더욱 밝혀주셔서 감사하신 하나님 마음 바쳐 목숨 걸고 살아 나온 것을 참으로 영광 영광입니다. 아멘.
4. 하나님 일 심부름으로 하는 도중 참지 못하고 일이 중도나면 가차 없이 4남매에게 표적을 주셨도다 아멘. 정신을 바짝 차리고 깨달으면 씻은 듯이 바람같이 없어지더이다 아멘.
5. 천존여래는 인존여래에서 낳은 아들 하나님께서 천존여래께 시온산 하나님 보호를 받으며 보좌 의자에 높게 앉은 용자리 의자에 앉아 사진을 찍어 불광 홍 피바다처럼 표적을 주셨는데 십승지를 알리기 위한 천존여래를 산에 비유했는데 에덴동산 양띠 11

살 어린양에게 붙여진 이름이며 하루에 1,500명이 시온산 천존 여래 보좌(상) 의자 하나님께서 법력 주시는 복 주시는 분을 마지막 증표 도장을 찍어 사람들에게 주기도 하고 진도는 계속 진행 되었다. 11살 도령 정도령 하나님 정도로 가는 눈에 보이지 않으니 신령님 하나님 호칭은 10가지도 넘는다. 그러나 한 분이시다. 이 많은 수수께끼를 주인공이 아니면 누가 풀겠습니까 아멘.

6. 하나님께서 김귀달이를 양육하시기 위하여 가난의 굴레에서 벗어날 수 없고 천지공사 하나님 심부름을 하기 위해 먼저 남편을 사별하고 두 번째 남편 인존여래와 천지공사 중 때리고 부수고 고래고래 소리를 질러 동네방네 목이 터지도록 싸움질 속에서 깨달아 천지공사 했다 아멘. 뇌성벽력, 지진을 예언서 격암유록
7. 하나님께서는 만 군데 예언을 기록했기 때문에 동서남북을 끌고 다니게 되었음을 김귀달께서는 이해했도다.
8. 이사에서 이사 또 이사 끝없이 이사 총 이사 100번 넘었다 아멘.
9. 이 동네 가면 싸움 부부간에 갈등이 끝이 없었다. 온 천하를 소탕할 도인이라 그렇게 하니 도망가고 때리고 잡히고 동네가 떠들썩하더라 아멘.
10. 하나님께서 많은 일을 하루아침에 다하기 위하여 빨리 진도가 나가기 위하여 사람을 만나기 위해 병원을 거쳐야 했고 매스컴을 타야 했기에 잠깐 옥살이도 해 큰 인재를 만나야 했던 것이었음을 의심 않고 여기까지 왔노라. 하나님 하신 일은 한 치 오차 없노라, 또 병원에서 유방암을 병원에 있어야 부부와 아들이 지금까지 참고 인내하고 죽지 아니하고 헤어지지 아니하여 삼위일체 원용수달님이 주문이므로 깨어지지 아니하도다 아멘.

11. 하나님 일을 하기 위해 6남매가 천지공사에 임하고 어미가 일할 수 있었다 하노라 아멘. 하나님 작전에 한 치 오차 없이 김귀달 이긴 자 훌륭하다.
12. 하나님 공사가 마무리 되었으니 인류의 인간들은 즐거움을 찾을 거다 기쁠 거다 하시노라 아멘.
13. 하나님께서 거룩하다 거룩하다 거룩하다 성인을 보고 기쁘구나 하노라 핍박을 받아도 큰 고통을 안고 일했다 아멘.
14. 김귀달이는 독수리처럼 삼키려는 요망한 뱀 같은 짐승 같은 날뛰는 때가 있었으므로 한 번 두 번 매처럼 될 뻔하였으나 참고 하나님 말씀만 믿고 이 글을 쓰기까지 왔노라 아멘.
15. 하나님 심부름 하는데 뒤에서 뱀처럼 도사리고 물에 밀어 떠내려가게 하다시피 하여 해냈다 아멘.
16. 하나님께서 김귀달을 1등으로 하게 하기 위하여 하나님 법력으로 여기까지 하나님 도에 의해서 다 해냈느니라 하노라.
17. 하나님께서 내려주신 계명 지켜서 이긴 자, 승리자가 되었노라. 하나님께서 만드셨다.

❀ 〈13〉 요한계시록

1. 김귀달이 인존여래와 천존여래 세 성인 한 가족인 세 사람을 하나님께서 붙잡고 대역사 마무리 작업을 하였노라.
2. 인존여래는 지혜가 있는 자 천존여래 지존여래는 하나님의 신통력 받은 자라. 세 사람이 원용수달님 우레, 뇌성, 지진으로 도 완성했다. 어려운 고비를 넘기게 되었다.
3. 하나님께서 가로되 천지도주님께 권세를 주시니 지존여래의 뒤를 따르는 사람이 배신이 있더라 하노라.
4. 하나님께서 권세를 주시니 사람들은 세 사람 중 누가 더 복을 주리요. 더 많은 욕심 때문에 차별하더라 하노라.
5. 42살 지존여래께서는 천존여래로 인하여 많은 사람 중 묘한 중생이 맞도다 맞도다 진짜 진리가 맞도다 하더라.
6. 또한 중생은 욕심으로 가로되 많이 주이소 많이 주이소 하더라. 하나님 일을 알지 못하고 깨달음은 못 깨우친다 하더라. <하나님 말씀 중에>
7. 하나님 일을 하는 도중 이기게 하시고 수없이 많은 성도들 가운데 이기게 함으로써 완성하였다.
8. 하나님 일을 못 하고 공부하여 세상 이치인 공부 등을 하기 위하여 천존여래는 잠시 뒤로 하고 무문도통으로 지존여래인 엄마가 봄, 여름, 가을 추수하기까지 도맡아 일하시고 하나님 말씀 전지전능하신 능력으로 일하여 밤샘하여 하나님과 함께 요한계시록 푼다. 봄, 여름, 가을, 일을 다 총정리 해냈다.
9. 위 글을 누구든지 귀 있는 자 들을지어다. 하나님 말씀에 (예) 사

람이 귀 없는 자 있겠나 싶었다. 인류 누구나 들을지어다. 부부로 살면서 하나님의 천지공사 중 인존여래와 지존여래는 천존여래가 볼 때 틀렸도다 하고 내내 고함소리 사자소리에 지존여래께 깨달음을 심어주더라 하노라. 사자처럼 싸워야 그 비밀이 감추어진 수수께끼가 풀릴 수 있었다. 김귀달이가 하나님과 함께 있어도 묻지 아니하기에 인존여래 지혜 있는 자는 식은 죽 먹듯이 쉬운데 시간이 걸려서 실행하지 않으면서 홀로서기를 못 하기에 사자같이 짐승같이 싸우지 않으면 깨달을 수가 없었다. 깨닫는 과정에 소주와 담배를 먹었도다. 그러다가는 주먹을 칼날처럼 휘두르니 사자와 (하나님) 합일된 지존여래는 식당으로 쫓겨갔다. 인존여래가 잘못하였다고 오라고 하여서 또다시 합하여 가족 부부가 되었다. 또 하나님께 구원과 큰 음성인 인존여래께서 왜 못 하느냐고 크게 꾸짖고 싸우고 때리는 도중 김귀달은 잠시 멈추게 되었다. 이번에는 아들 양띠를 가진 11세 어린양이 아버지, 어머니 하나님을 돕기 위하여 6월 28일(음력) 하나님 강림으로 제일가는 왕이 되었다. 엄마 지존여래는 이긴 자가 되었다. 본 엄마는 이별, 일신 고통, 마음 고통 어린 나이로부터 모든 고난은 시작되었다. 11세 나이로 인존여래 지존여래 부부로 정해지면서 양띠를 가진 셋째가 하나님의 뜻을 받을 수 있었다. 짐승처럼 싸우는 과정이 있어야 하나님 법을 만들 수 있었다. 세 사람이 하나님 일을 하니 각자 이름이 붙여진다. 하나님께서 붙여주신 호칭은 도사 신령님 저희 세 사람은 도사님을 모신 고로 사람들 입에서 도사님 아버지도사님, 어머니도사님, 아들도사님 도사님 집합소인지라 사람들이 여기 아픕니다, 저기 아픕니다,

도사님 낫게 해주세요 하더라. 작업 천지공사는 시작되었다. 그래서 하나님 법 진도는 계속 나갈 즈음에 보좌 높은 의자에 용을 넣어라 양띠로 오신 천사 부자 이치로 아빠는 성도했으니 아빠 40대 중반이니 양복으로 표시, 용은 하나님 표시로 모자에 으뜸 원元자를 새겨라. 신 중에 최고 본시 하나님께서 인간에게 접하시어 계신데 기를 주셔서 신인합일 삼신일체 삼위일체라 하였노라. 중절모는 처음 면류관으로 증표를 주셨으니 하나님 즉 세 사람이 하나님께서 머리 몸이 없으니 표법으로 상징하여 최고 큰 짐승에 비유하여 곰발 입 용을 보좌 의자에 용을 만든 돌미륵에는 하나님 우상 용 천지도주님께 하나님 말씀이 계시니 보좌 용 의자를 통해 표기하셨다.

하나님과 천존여래는 합일하였다는 돌미륵좌상으로 표기하였는데 사진을 찍었더니 홍색 붉은 색깔이 호화찬란하여 신인합일된 천존여래는 성도 12세 어린 나이에 성도하셨다. 아버지, 어머니 뒤를 이어 왕위를 물려받았다.

태어난 날은 (윤) 6월 30일 하나님 강림하신 날은 (음) 6월 28일 윤유월은 없으므로 태어난 날은 (음) 6월 28일 666생에 하나님께서 천존여래께 강림 동시 생일 이 생사를 아무나 가늠할 수 없다. 주인공이 아니면 풀 수 없다 하였노라. 하나님 우상을 경배하라 하시노라. 666 인증표는 어린 양띠 시온산 많은 사람이 부자 이치로 만든 돌미륵상에 기도하는 사람을 도와주는 의미 즉 물소리 수자 이름을 비유, 용 아버지 어머니 아들 으뜸 신 주문은 원용수달님 신과 세 사람 가족으로 상징 으뜸 신 녹일 용 닦을 수 통달할 달 원용수달님 주문으로 인류를 구하라는 믿음 대

통합 경배하여라. 사명을 주시기 위하여 시온산은 십승지 모든 것은 원용수달님의 뜻으로 14만 4천 명이 절하고 시온산이 왜 시온산이냐 14만 명 넘게 오니 어린 도사는 성도하였으므로 하나님 공사는 시작되었으므로 하나님께 합격되었다고 시 온 산이라 이름 붙였다. 하나님 함께 계셔서 일한 곳이라 한다. 시작이다 진도는 끝이 없다. 1997년 산등성이에 하나님 돌미륵 우상을 세우게 하셨다. 동 은 금 나무 입상 좌상 그림 입상 좌상을 금불상으로 하라 하셔서 임시로 금빛 색깔 하나님상을 하라고 하시어서 만인류 구원자 하나님상은 금으로 하라 명하시었음을 밝히노라. 뜻 있는 사람 동참하시기를 하나님께서 기다림 글을 쓰니 한자, 한글, 쓸 것을 안 쓰면 머리털을 빼주신다. 김귀달은 몸과 마음이 다 함께하였기에 하나님 일을 하기에 너무 힘들다 하시노라. 그러니까 이 글을 귀 있는 자 들을지니라. (제가 깨달음) 사람이 귀 없는 자 없는데 귀 있는 자는 들을지니라 한 말씀은 인간은 하나님 없이는 살 수 없다고 표기도 되고 우상은 그래서 세웠다는 말씀도 될 수 있다. 정말 너무 확실하게 해놓았다. 지금 현 의령 인존여래 태생지는 반월지, 사평마을, 일수이수앵회지 명사십리 격암유록에 비밀스럽게 감추어져 있다. 이것 또한 주인공이 아니면 풀 수 없다. 세 성인의 성격과 몸 형태 직업 이름 생활을 슬쩍슬쩍 일해 나온 과정을 이야기로 숨은 비밀리에 감추어 놓은 역사가 이루어 왔다갔다 반복 싸우며 안 맞으면 인존여래는 술과 담배로 화를 달래었다. 27년간 담배로 스트레스를 풀며 육신은 고달프나 인류 마지막역할 아들 마누라를 깨닫게 하기 위해 무진장 힘들었다. 남자 남자 비남자 여자 역할로 생활

하니 여자 여자 비여자와 살림을 하려니 하루에 30번은 스트레스를 받으며 몸을 망가뜨렸다. 이 말씀은 현실에 종도를 납득하시어 하나님께서 바라시는 종교 통합에 의사 있는 분 꼭 연락 바람(010-2537-1399) 도 닦는 자 도를 알고 싶으면 연락하시면 2~3일 내로 완성 하나님 한 말씀으로 복 주시는 집이 됩니다. 미완성을 완성할 수 있도록 알려드림. 김귀달은 하나님 말씀으로부터 대성공할 수 있음을 약속하여 드립니다. 이 내용을 모르시는 분은 인터넷 검색어에 '김귀달' 을 치면 책이 있습니다. 사 보셔요. 저희들은 하나님 말씀과 믿음을 지키는 증명서 인증을 하나님 말씀으로 말법에 출현하였음.

❀ 〈14〉 요한계시록

하나님 우상에 경배하라. 하나님(내가) 보고 들으니 대단히 참되시고 의원이시도다 하더라. 크게 행하는 권세를 가지신 하나님의 이름을 하나님의 이름으로 영광을 돌립니다. 아멘.

한국 동방예의지국에서 믿음왕의 길이 예비 되더라. 또 내가(하나님이) 보며 거짓 선지자의 입에서 나오니 귀신의 영이라. 큰 날에 전쟁을 위하여 그들을 모으더라. 내가(하나님) 도적같이 오리니 누구든지 자기의 부끄러움을 아는 자가 복이 있도다. (온 세상 믿음은 가짜다)

주인공이 이제 나오기 때문에 번개 음성들과 뇌성이 있고 큰 성이 세 갈래가 하나로 이루어져 만국의 성들 돌 무너지니 하나님 앞에 기억하신 바 되어 술과 담배로 진노를 달래며 깨달으니 재앙이 심히 큼이러라. 7형제 중 끝별이 양띠로 온 성인과 여자로 오신 세 사람이 한 지붕 아래 가족으로 하나님의 막중한 마지막 천지공사는 완성되어 십승지로 깨달았다. 귀 있는 자 들을지니라. 한 치 부끄럼 없이 경배하기 바란다.

하나님께서 여자를 광야로 지존여래를 데리고 가니라. 하나님께서 보니 여자가 붉은 빛 짐승을 탔는데 그 짐승의 찬란한 이름이 일곱 별 중 끝별이 있으며 그 여자는 자줏빛과 붉은빛 옷을 입고 금과 보석과 진주로 꾸미고 손에 금잔을 가졌는데 가증한 물건과 그의 음행의 더러운 것들이 가득(진짜가 아님)을 밝힘.

그 이마에 이름이 기록되었으니 가증한 것들의 어미라 하였더라. 또 하나님께서 보니 지존여래 여자가 정도한 증인들의 하나님(내)

께서 그 여자를 보고 귀히 여기고 귀히 여기니 천사로 가로되 내가 여자와 일꾼 끝별과 비밀을 창세 이후로 생명 체계 계시록에 장차 나올 세 성인을 귀히 여기리라. 지혜 있는 뜻이 여기 있으니 일곱 별 중 끝별 여자는 마누라이니라.

양띠로 오신 천존여래는 1992년 돌미륵좌상을 하나님 계시로부터 보좌관에 앉혔다. 형상은 천존여래 형상인 얼굴이고 겉모습은 아버지 40대 중반의 그 모습 옷차림이다. 이마에 으뜸 원元자인 이름을 도장처럼 찍었다. 하나님께서 물소리도 같고 천존여래 이름 수자 아버지는 큰 천둥소리 같은데 보좌와 땅에서 구속함을 얻은 이 사람들은 엄마인 여자로 더불어 더럽히지 아니하고 정절이 있는 자라 양띠를 가진 수자 이름인 천존여래가 어디로 인도하든지 따라가는 자며 처음 익은 열매로 하나님과 양띠인 어린양에게 속한 자들이니 그 입에 거짓말이 없고 흠이 없는 자들이더라. 위의 뜻은 하나님께서 계심을 (인정) 경배하라 하더라.

8. 또 다른 천사 곧 둘째가 그 뒤를 따라 말하되 무너졌도다 무너졌도다 진노의 포도주(소주) 맑은 술 아빠와 엄마가 십승지를 이루기 위하여 (십승지) 완성하기 위하여 술, 담배를 많이 하였다. 삼존여래께서 일기이기 때문에 계시록에 다 들어 있다. 우상에게 경배하고 이마나 손에 표를 받으면 그 고난의 연기가 세세토록 올라가리로다. 성도들의 인내가 여기 있나니 하나님께서 또 보니 면류관이 있고

15. 우상과 그의 이름이 하나님 일이 크고 귀하시도다. 만국의 왕

이시여 이롭고 참되시다. 7형제 중 끝별인 아버지와 그 뒤를 이은 아들 새 마포옷을 입고 가슴에 금띠를 두르고 하나님의 영광과 능력으로 인하여 일곱 형제 중 끝별에게 말하되 너희는 가서 하나님의 법을 온 인류에 알려라. 양띠가 어리게 성도하시니 에덴동산을 비유 늙은 두 부부는 노고산을 비유 오시는 사람 무료로 성군 도통군자가 되십니다.

김귀달은 봄, 여름, 가을 추수까지 다 하였으니 의심할 여지조차 없음을 하나님께서 능표 인증서를 주시기 위하여 68년 피눈물 나는 저 한강은 너의 눈물이었구나. 세상을 구휼하기 위해 피고름 나는 고행 고행 고행이구나라는 시도 있고요. 손에 무궁화 꽃도 피었고요. 젓갈 국물에 용도 있고요. 산 구름으로 그려주신 삼봉산 애벌레 1백석 3백석 등등 많은 증표를 해냈어요. 이것은 하나님께서 저에게 주신 증표고요 인증서예요. 이사 100번 넘게 해 깨닫게 하셨습니다. 요한계시록 제14장 412절에 상세하게 2천 년 전에 저희들 나오기 이전에 우리 일기임에 대단하신 하나님. 하나님 믿으시면 무엇이든 되겠습니다. 김귀달 무문입니다. 초등학교 졸업도 채 하지 못했지요. 그러니 해주시면 못 할 것이 없습니다. 하나님은 기술이 좋으십니다.

❀ 〈15〉 요한계시록

2천 년 역사는 이제 마무리 되었노라. 김귀달께서 봄, 여름, 가을 추수할 수 있는 책과 모든 상을 내포하도록 일을 하였으니 하나님께서 성전 신인합일 되었다. 하나님 인간 눈으로는 볼 수 없기 때문에 구름으로 비유. 여러분의 하나님은 내 마음 가운데 있나니 빨리 회개하시고 찾으시어 성도군이 되십시오.

오른 자리는 하나님께서 응용할 수 있는 자리를 마련하여 주십니다. 하나님을 아시는 자 복이 있도다. 그동안 믿음을 믿는 자들이여 회개하라 하시노라 하나님을 알면 아주 편하게 쉬리라. 땅에 곡식이 익었노라 하심은 완성자 말씀으로 이룬다 하였습니다. 마지막은 여러분들께서 낫으로 베어가야 합니다. 쌀을 가져가랍니다. 무슨 말이냐 하면 삼존여래 즉 원용수달님 이야기가 3천 년 석가모니 『팔만대장경』 역사, 2천 년 예수 『요한계시록』 역사, 5백 년 남사고 『격암유록』 역사를 삼존 원용수달님께서 다 이루었음을 농사에 비유하여 소, 말, 곰, 사자, 호랑이, 닭, 쥐, 양에 속한 사람이 하였습니다.

이제는 위 글처럼 실행할 때입니다.

〈15장 총정리〉

하나님 성전을 해놓는다는 의미 우상을 알라는 의미 일곱 형제로 마지막으로 태어났다는 의미의 아버지께서 어머니와 같이 깨달은 성전을 열었고 그리하여 세마포 임금옷을 입었더라. 가슴에 도포

끈을 두르고 가슴에 금띠 두르고 원용수달님께서 하나님을 지존여래 유방을 대접젖이라 하노라. 하나님 능력을 알기 전까지 깨닫기까지 부부가 하나님 성사업 일을 하면서 싸우는 과정에 속이 상하여 담배와 술을 먹었다는 표현 연기가 방에 가득 찼다. 하나님의 일을 다 하기 이전에는 그 누구도 들어갈 자 없더라 표현 알아주지 않고 믿지 아니한다 뜻을 표기.

❀ 〈16〉 요한계시록

1. 진노의 일곱 대접 일곱 끝별 대접젖을 가니 인존여래 지존여래 두 사람은 하나님 일을 하는 도중 인존여래 화가 나서 표기 대접젖 유방을 수술 찌른 자 찔린 자 증거인 원용수달님께서 네 분, 하나님과 성인 세 사람 뜻
2. 첫 번째가 병원에서 유방을 떼어버린 표시 병원 다닐 때 토했다 이런 과정 저런 과정을 다 거쳐서 하나님 우상을 만들어 세웠다 이야기 하나님상이 맞으니 인정하라 말씀이 맞다 인증 안 죽어도 죽는 형각이다 표기.
   원신 으뜸 신 하나님은 예전에도 계셨고 시방도 현재도 계신다는 표기(하나님께 거룩하신 하나님 계시니) 인간에게 이로우시며 인간을 심판하시며 복 주고 벌 주고 보고 듣고 함께하신다는 의미를 표기한 뜻.
3. 여기까지 오느라고 성도자도 증거인이 있고 여기까지 하나님 나오시기까지 합당 맞다고 인증.
4. 인증되오니 우리 성도들은 인증한다는 표기. 제단이 맞다 당연지사 하나님 우상을 하여 금불상을 세우고 천제를 지내는 것이 맞다 하노라. 그러니 참되고 전지전능하신 능력이 있으니 참되시게 할지어라. 인간에게 의로우니 우상을 세워 경배하라 하시노라. 김귀달에게 증명하시게 하라 하시더라. 사람이 머리 써서 적는 것이 아니고 하나님께서 적었음을 알리노라 하셨다.
5. 하나님께서 심판자 도를 주신다는 표기
   이렇게 간곡하게 적었는데 알아듣지 못하는 '훼방하고' 하나님

말씀 중 그리고 세 성인께서 존경하고 이 말인즉 하나님 말씀이
니 꼭 인증 한국 동방.

❀ 〈17〉 요한계시록

한국 동방예의지국 33세 때 첫 말씀을 "동녘에 해 떴다 광명 찾자" 하나님과 합일되어 과거에 혼령 악령 마귀 잡귀 굿 이렇게 시켜야 했는데 거짓 선지자이오니 다 버려라. 살아계신 창조주 신 하나 미륵불부처님 이 호칭 외에는 하지 말며 딴 이름은 부르지 말 것을 강조. 석가는 부처가 아니고 과거 상좌 이제 죽었기에 너희들이 하나님 한을 원을 풀어달라 할 이름이니라 하시더라.

12. 임금, 권세, 양, 이긴 자
14. 다른 말은 빼라. 살아계신 창조주 하나 부처님 외는 빼라. 이 글 외에는 빼라.
15. 정직하고 바른말 천사로부터 하나님께서 말씀하시되 인류를 종교 통일할 것을 강조.
16. 이토록 강조하여도 자기 마음대로 하고 하나님을 모르면 하나님 일에 방해하는 자는 그냥 두지 않는다는 하나님 염려하시는 말씀.
17. 하나님 뜻대로 할 마음을 주시고 저희들에게 주시니 하나님 덕분에 응하시리라.
18. 또 하나님 (내)가 본 여자는 지존여래는 모든 것 봄, 여름, 가을 일을 잘하였다는 의미.

❀ 〈18〉 요한계시록

1. 하나님께서 이루어 놓은 것이 잘 타협되면 권세대로 여자를 알아주면 한 치 오차가 없으니 지상선국 건설 화평이 되겠구나. 이렇게 되면 하나님께서 기분 좋다.
2. 이 일이 성사되지 않을까 두려워라 무너졌도다 무너졌도다 합일되기 힘들다.
3. 여자의 말을 듣지 아니한 것은 하나님 말씀을 듣지 아니하니 한국 동방예의지국에 여자 하나님 말씀으로 "동녘에 해 떴다 광명 찾자!" 첫 말씀 하나님 말씀 중에 인류 모든 국민 한국 국민들아 다른 사람 말은 믿지 말고 참여하지 말고 그에게는 인정치 않으니 빠져나오라는 부탁을 하나님께 꼭 실천하라 하노라.
4. 하나님께서 세 성인의 합일 천지공사 이외에는 다 합일되어 하나로 가라고 하신 말씀.
5. 하나님 말씀을 따르라 하고 보기에는 석연찮을 것 같지만 오리지널이라고 인증하라는 하나님의 간곡한 부탁 말임 부탁.
6. 하나님께서 말씀인즉 저 여자는 입에 거짓이 없고 하나님 법도를 찾기 위하여 남편을 버리게 되었고 죽었고 인존여래께서 남편으로 있으니 과부가 아님을 애통해할 것도 없다. 왕 하나님 첫 번째 상좌임을 나타내고 면류관을 쓰고 임금복을 입되 까불지 아니하고 현 몸과 마음이 아주 겸손함을 표기하셨다 말씀하심. 하나님께서 세상에 알려야 하나님께서 바로서기 때문이다.
7. 천지공사 중 하루 동안 하나님께 시달림. 남편 인존여래께 시달림. 성도자에 시달려 그러한 어려움이 따르니 사망과 애통 사랑

이 없다는 호강을 못 받았으며 하나님 법으로 살아왔다는 의미 이다.

8. 하나님 천지공사를 다한 줄 알면 땅에서 일하던 하나님 상좌들 이 고행의 현실을 알고 정말 잘 했다 잘 했다 할 것이로다.
9. 일시로 하나님 계심을 알고도 남음이 있도다.
10. 땅 산 사람들이 지존여래께서 하나님께 받은 상품을 보고 자기 가 일했노라. 하나님 일을 했다고 할 자 없노라. 상품 백금 메 달, 은줄 팔찌, 목걸이, 진주, 세마포, 임금복, 태극 문양, 전田 자 마크, 붉은 대비복, 왕비복, 목조상, 진짜 해, 무지개 배지 (badge), 목 메달, 신 배지(badge), 철, 옥 상품, 하나님께서 계 시하여 만듦. 하나도 빠짐없는 상품. 하나님께서 주신 상으로 내리심.
11. 한 것은 하나도 빠지지 아니하도록 열쇠를 주기 위함.
12. 음식 연탄 리어카 끄는 장사 향신료는 반찬 이야기 밀가루는 만든 빵 찐빵 도넛 수제비 칼국수 밀가루 음식 일체 김치 수없 는 장사 이야기 안한 것이 없다. 할머니 부모님 고행을 이야기 하실 그렇게 기다리는 하나님 알리기를 기다렸는데 못 보고 죽 었다.
13. 실제로는 혼 영혼 죽은 뒤에는 아무것도 없다 죽으면 사후세계 도 없다 혼령도 없다는 것이 확실하다.
14. 종교에서 진리는 하나인데 여러 가지 방법을 동원해서 돈벌이 로 행하고 믿음은 문화예술로 진행되어 가는 하나님께서 한심 하다 한심하다 어이할꼬 어이할꼬 김귀달이 너는 마음 하얀 색 깔보다 더 하얀 마음을 가졌다. 나를(하나님) 버리지 아니하고

피고름 흘리는 고행으로 하나뿐인 하나님을 알리는 고로 힘들었구나. 안녕 안녕 영혼들은 이제 안녕 하나님 세상 진리는 하나로 진행하여 신인합일 된 부처세상 울타리 없는 세상 일구어라. 파이팅 김귀달이 파이팅 <하나님 말씀 중에>

15. 사진상으로 진도 나가니 멀리서만 본다.
16. 일시로 때리니 망하도다 배 선장이 되어 시찰하니
17. 선인들이 어디가 하나님 계신 곳인가 할 것이다. 이제 진짜 진리 하나님이 어디 계시느냐 할 것이다.
18. 하나님과 세 성인께서 선원하시는 심판을 그에게 하셨음이라 하더라.
19. 진리는 하나 통일 즐거워라.
20. 인존여래께 산을 떠다 바다를 메워라 하나님께서 하시었도다.
21. 콩국을 이제 팔지 않도다 늙어서 받아서 파는 장사는 하지 못한다는 하나님 말씀 인증하라 이 말씀이다.
22. 훼방하는 자는 다시 복수하지 않는다는 말씀이다. 공헌을 세워야 했다는 하나님 말씀 중에
23. 선입자들은 천지공사에 임하여 힘든 사항이 있었다 하노라.

❀ 〈19〉 요한계시록

1. 진짜를 모르는 이들이 더 큰 그릇으로 비유한다 말씀 <하나님 말씀 중에>
2. 만인들아 하나님 구원을 받기 위하여 여자 김귀달이를 찾아 상표를 증명하라 하시더라.
3. 두 번째로 오신 하나님 심부름꾼은 담배를 세세사이 피우니 연기가 올라가더라.
4. 24시란 1년 12달 365일 아들에게 오신 원신 하나님께 경배하고 수에게 보좌에 앉기를 원하였으니 경배하라 하노라 천하에 알려 내(하나님) 한을 풀어다오.
5. 하나님을 믿는 종교인들아 위 글에 경의하는 저희들에게 전하노니 우리같이 하나님께 영광으로 생각하라.
6. 또 하나님이 들을 때 허다한 무리의 음성도 같고 마지막 완성자 원용수달님 김귀달이에게 전하노니 이를 따르는 자 복 있는 자라 하노라.
7. 전지전능하신 하나님 세상에 나오시어 만인께서 하나님 뜻을 받을지니라.
8. 그에게 도포 세마포는 인정하였다는 증거이니라 세상에 빛을 주시는 태양처럼 맑고 따뜻하고 온화한 하나님 마음이 전하노니.
9. 하나님의 진실하신 말씀으로 양띠로 오신 상좌를 만나는 것은 최고 큰 영광이라 하노라.
10. 하나님 내가 그 세 성인을 천지공사 완성하게 하였나니 성도들의 병을 낫게 하기 위하여 하나님은 세 성인과 삼위일체로 합

일하여서 구원처에 와서 엎드려 죽은 자 되어 경배 절하는 의미 하나님의 자식으로서 세상에 지배하니 형제자매이라 하노라 삼가지 말고 경배하라 하더라.

11. 하나님이 보시기에 착한 너희들의 면류관을 내가 주니 정직하고 바른말로 세 상좌 그 이름은 충성과 충신과 진실한 일꾼이로다.
12. 그 눈은 하나님의 도를 표현 심부름 큰일 할 적에 면류관을 썼다. 또 중절모 앞에 글 쓴 이름 하나님 이름 쓴 것이 하나 있는데 자기밖에 아는 자가 없고 <하나님 말씀 중에>
13. 위상에 글 쓴 상에 붉은 불광을 증표 주심 하나님 도를 이야기 하나님 말씀 법력 도는 하나로 거짓됨과 헛됨이 없도다 칭하더라 하시노라 <하나님 말씀>
14. 하나님께서 군사 없는 병사는 세 성인께만 증표를 주니 군사와 병사를 야기하십니다 하나님 말씀 중에 세 번째 끝 상자에 임금복 도포를 입고 가슴에 금띠라 하심 증표
15. 군대는 많은 종교인 중에 하나님 마지막 일꾼을 말하노라 하나님 말씀 중에 실제 일해오던 과정이 있었다 김귀달
16. 그 부처님 옷(하나님의 상) 그 다리에(천존여래) 하나님 이름 쓴 것이 있으니 믿음의 만방에 왕이요 주인이라 (실제) 살아계신 창조주 하나 부처님 돌미륵입상 1997년 원신 천지도주
17. 하나님 내가 또 보니 하나님께서는 육체적으로 보이지 않지만 계시는 것이 확실하다. 그래서 경배하기 위해 우상을 세우게 되었다.
18. 바닷고기, 강고기, 냇가 고기, 조기, 민어, 미꾸라지, 다슬기 등

등 김귀달 장사

19. 반란 인간 – 세 성인 임금과 군대 비유는 하나님께서 천지공사를 비유 반란자 군대 전쟁 비유 해놓으셨다 믿음 종교 전쟁
20. 반란 중에 3년 법정 소송 이긴 자 선입자 우상 경배하던 중 이기적 미혹하던 자 두 신자 거짓 선지자
21. 인존여래 말탄 자 입으로 하나님 형상 금으로 봉안 세 사람 중 인존여래께서 금운으로 오시다.

❀ 〈20〉 요한계시록

1. 진주 천사가 무작정 열쇠와 쇠사슬을 그 손에 가지고 하나님께 지존여래 인존여래 만남

2. 지존여래께 하나님 심부름으로 개천에 용났다.

15. 누구든지 생명책에 기록되지 못한 자는 불꽃에 던질 것이니 하나님 말씀으로 된다 안 된다 열두 문 동문 서문 남문 북문 세 사람의 이름 2천 년 전 요한계시록 예언

❀ 〈21〉 요한계시록

1. 옛것은 없어지고 다시 있지 않더라 오지 않는다.
2. 인존여래를 위하여 가정과 부부 되었다.
3. 신인합일 삼위일체 삼신일체
4. 죽으며 다시 오지 못하고 사후세계가 없으면 환생이 없다 부활이 없다.
5. 신실하고 참되니 나를 보좌에 앉히신 하나님 보라 내가 만물을 새롭게 하노라 하시고 가라사대 이 말은 세 상좌가 신실하고 참되니 기록하라 하시고
6. 하나님께서 말씀하시되 돌미륵입상, 목조입상, 돌미륵좌상 그림으로 한 점 세워 만들라 하시니 세 성인이 하였으니 이루었도다 알파요 오메가요 처음이자 마지막이자 하나님 내가 생명수로 샘물로 목마른 자에게 값없이 주리니 하나님 도를 주리라.
7. 하나님께서 영원하신 하나님이 되시고 그는 내 아들딸이 되어 천지공사 마무리했다.
8. 인존여래 지존여래 천존여래인 아들이 결혼을 먼저 했음. 하나님께 말씀하시기를 양띠를 가진 천존여래께서 아버지보다 결혼을 먼저 하여 부자를 비유한 『격암유록』 계시 중 혼인 잔치를 하니, 인존여래는 중혼했음. 양띠 혼인 잔치
10. 하나님께서 나를 시온산에 데리고 크고 높은 산으로 올라가 하나님 앞에 함께하여 앉았노라.
11. 하나님께서 영광이 있으매 그 자리가 그 성의 성전이 되어 김귀달이는 귀걸이를 하여 보석을 귀에 한 김귀달이다 하나님과

함께하신 도 미륵하나님입상과 김귀달이는 좌상을 함께 합일 하여 울산 산등성이에 원용수달님 형상인 돌미륵 좌상과 입상을 각자 하나님과 김귀달 돌미륵으로 합일 인존여래 형상 돌미륵 천존여래 형상 돌미륵 김귀달 형상 돌미륵 입상 원용수달님 시온산은 섰다 천지인의 책을 쓰게 하기 위하여 세상에 알리기 위해 1천 명이 넘게 와서 하나님 성전을 이룩하여 도시락 1천 개와 수건 1천 개를 하여 대성전 시온산을 이루었도다 그 성각은 12기초석을 세웠고 양띠로 어린양의 시온산 각각 4군데 형상은 각각 이름을 적었도다. 1997년 12월 7일 행사는 천지공사 하나님 일꾼들의 성전 하나님 성각이 이루어졌다 울산 천불산 갈대의 나무를 베고 네모가 반듯하게 그 산을 측정하여 다듬어 천사의 성각을 만들었다. 그날은 눈이 와서 백옥이요 하얀 눈 기초 사진 옷 색깔 5가지로 전지전능하신 하나님과 아버지 어머니 아들 양띠로 오신 어린양이요 성전은 양띠로 오시게 되었노라 하시노라 산이라 문이 동서남북 다 뚫렸도다 성문의 이름은 세 사람을 뜻하여 (세 성인) 동편에 세 문 북편에 세 문 남편에 세 문 서편에 세 문. 요한계시록 12기초석을 예언

14. 그 성에 성각은 기초석이고 세 성인을 표기하였음을 알게 하나님 말씀인즉 재미있는 듯하다 비취색 한복이 녹색으로 사진상은 조끼 남색 분홍이 흰색으로 홍색 두루마기 안에 흰색
    김귀달 경남 진주시 망경남동 섭천 골짜기 울산 기초석으로 처음 쓴 책은 천지인 1, 2, 3호 하나님과 어린 11세 양띠로 전지전능하신 이와 어린양이 있고 아버지 어머니 하나님과 세 사람이 있어 성전을 세웠다.

* 세 사람과 하나님 원용수달님의 영광이 비치고 미래에 만국이 열리겠고 울산에 네 분 돌미륵입상 좌상이 있기에 세 분을 인정하는 사람만이 오지, 모르는 자는 낯이 설어 오지 않는다. 천지도수님에게 "돼, 안 돼." 오직 천지도주님의 무엇이든지 속된 것이나 가증한 일 또는 거짓말하는 자는 결코 그리로 들어오지 못하되 오직 어린양의 생명책에 기록된 자

22. 하나님 내가 진짜 성전 나를 모신 성전 처음 있는 일이다. 양띠 어린 도령 나이 11세 나이 신령님 – 합일 정도령으로 삼위일체 삼신일체 신인합일 전지전능하신 하나님 참법 진리로 오신 정도령 도령님 어머니 아버지 원용수달님 합일 신인합일 하나님과 합일 신인합일 성전 중에 성선이라 하시므로 오리지널
23. 믿음 종교는 해나 달의 비침이 쓸 때 없다 함. 하나님께서 참이 아니라 시온산 십승지를 어린아이 도령 양띠가 이루신 도통군자 십승지가 참진리 주인공 하나님의 법으로 오신 진짜 주인공 천지공사 일했다 하노라
24. 만국을 하나님께서 보고 듣고 계신다 표기 모든 믿음 종교가 통일 하나로 통일된다는 의미 표기
25. 어디로 가나 인간이 하는 일은 다 보고 듣고 계신다는 하나님 말씀
26. 사람들이 삼존여래를 존경하고 어린 양띠로 오신 하나님 말씀을 받는 자는 생명책에 기록으로 남는다.
27. 하루 1,500명 올 때 도장을 찍고 이름을 적었노라.

❀ 〈22〉 요한계시록

1. 또 하나님께서 어린양띠에게 오셔서 보좌로부터 나서서 천지공사 마무리 십승지 이루게 하심이라 하노라.
2. 하나님께서 1년 12달 365일 매일 매일 하나님의 일 천지공사 가족인 아버지 어머니 아들 세 성인께 천지공사 마무리 작업을 인류를 구휼하기 위함이라 하노라 핵심 종교 믿음을 하나로 통일
3. 하나님께서 어린양의 보좌가 그 가운데 있으리니 종교가 하나로 합일되어 하나님 완성된 진리를 인류가 하나 되어 섬기니 저주가 없도다 하노라 잘못된 법 진행 하나님은 한 분이신데 복 주시는 분이 다른 것은 한 분으로 정리 촉구
4. 하나님 우상에 기도하니 누구의 음성을 들을지이다 하노라 이마에 도장처럼 찍혀진 글은 하나님께서 출현하심을 알리노라 살아계신 것을 알지이다 하노라
5. 종교 믿음이 쓸데없는 헛수고 하는 것이 없으며 저희 인간은 무진장 지혜복 타리라 진짜 십승지를 찾아라 하노라.
6. 세 성인은 신실하고 참된 자라 하나님께서는 속히 될 일을 확실하게 보이시려고 세 천사를 만들어 보내셨다 하나님 말씀으로 파이팅
7. 보라 하나님 내가 속히 오리니 이 책의 예언을 지키는 자가 복이 있으리라 하노라 <하나님 말씀 중에>
8. 이것들을 보고 들은 자들은 나 요한이니 하나님 내가 듣고 볼 때에 이 일을 (천지공사를) 내 심부름하던 천사의 발 앞에 경배하려고 엎드렸더니 하나님 법과 도가 있어 지혜를 받아라 하노라 천

지공사 중 세 사람 앞에 엎드려 큰 절을 올려서 실행하였음을 표기한 내역

9. 하나님께서 형제와 자매 선지자들과 함께 책의 말을 지키는 자들과 함께 된 종교이니 하나로 오직 하나님께 경배하라 창조주 하나님 우상을 빨리 찾아라 하노라
10. 책을 숨기지 말고 다 알려라 때가 가까우리라. <하나님 말씀>
11. 불의를 하는 자는 그대로 불의를 하고 더러운 자는 그대로 더럽고 외로운 자는 그대로 외로움을 행하고 거룩한 자는 그대로 거룩 되게 하라 모든 것을 깨달은 주인공 출현 표기 하신 하나님 말씀.
12. 하나님 내가 속히 오리니 내가 줄 상이 내게 있어 각 사람에게 그의 일한 대로 갚아주리라.
13. 하나님 말씀과 실행으로 이루어진 도는 알파와 오메가요 처음과 나중이요 시작과 끝이라 하나님과 세 성인께서 합일하시어 이루어 놓은 것이니 끝까지 영원히 간다는 말
14. 인존여래 두루마기를 빠는 자들은 복이 있으니 이는 저희가 생명이 다하도록 성에 들어갈 권세를 얻으려 함이다 지존여래를 일컫는 말씀. <하나님 말씀 중에>
15. 하나님의 빛을 모르는 자들과 우상 숭배 자들과 몇몇은 거짓말을 좋아하며 지어내는 자마다 하나님께 저주 받으리라 하더라.
16. 7형제 끝별 인존여래께 하나님 법, 도를 주셨으니 하나님께서 주신 사명을 광명을 비추어주리라 하노라 "동녘에 해 떴다 광명 찾자." <하나님 말씀 중에>
17. 하나님과 김귀달 지존여래에게 하나님 말씀이 목마른 자도 올

것이요 값없이 생명수를 받아라 하시더라.

18. 하나님 내가 이 책의 예언의 말씀을 듣는 자 각인 김귀달에게 증거하노니 만일 누구든지 이것들 외에 더하면 하나님이 이 책에 기록된 재앙들을 그에게 더하실 터이요.

19. 만일 누구든지 이 책의 예언의 말씀에서 제하여 버리면 하나님이 이 책에 기록된 생명처 십승지 시온산 및 기록한 성에 찬미하여 천제와 인증하라 하시더라 하노라.

20. 인류 종교 믿음은 하나로 통일 사람과 사람 마음이 합일되어 하나님께 은혜자 도리요 아멘. 인간이 죽은 후 사후세계가 없고 영혼은 하나님께서 거두면 인간은 흙으로 돌아가고 영혼은 없다 하노라 하나님 말씀으로 아멘.

제4부

부 록

❀ 기 도 문

전지전능하신 원용수달님!

이 세상 온누리에 빛과 같이 따뜻한 福(복)을 내려주시옵소서!

부족한 저희들에게 건강소원, 수명소원, 지혜소원, 인덕소원 그리고 돈복을 주시옵소서!

五福(오복)과 가정 화합하는 법력을 주시옵고, 모든 인류 인간은 원용수달님과 뜻을 같이하는 참 성인이 되도록 법력을 주시옵소서!

원신미륵부처님의 자식으로서 사랑과 애정이 깃드는 진실한 자녀가 되도록 도와주옵소서!

원용수달님께 귀의하여 正道德行(정도덕행)을 실행하겠습니다.

– 청암사 도리교 –

❀ 전지전능하신 창조주 원신 미륵부처님!!!

태곳적부터 천지 만물과 인간에게 만복을 내려주신 주인공이 당신이었음을 깨달은 작금에 당신의 현존과 인류 인간들을 구원하고자 하시는 뜻은 우리에게 용기와 희망을 줍니다.

대자대비하신 원신 미륵부처님!

원신님께 발원하옵건데, 태곳적 원신님께서 천지 만물을 창조하실 때처럼 작게는 도리교의 신자들, 크게는 전 인류 인간들이 창조주이신 미륵부처님의 뜻에 부합되는 인간으로 변화되어 신자들 상호 간에, 혹은 인류 인간 상호 간에 인간미와 인정이 넘쳐나고 걱정, 근심 없이 살아갈 수 있는 새로운 세상, 살기 좋은 세상으로 이끌어주시옵소서!

원신 미륵부처님이시여!

도리교의 신자들에게 생기와 복덕福德을 내려주시옵소서!

그리하여 '도리교'라는 공동체 안에서, 전 세계 안에서 당신의 뜻을 위한 대사大事에 저희 전 신자의 온 힘과 지혜를 다할 수 있게 해주소서!

대자대비하신 원신 미륵부처님이시여!

당신이 영원히 우리들 생명 중의 생명이십니다. 발원드리옵건데, 예정된 고통 중에 저희들을 떠나지 마시옵소서!

저희들을 영원히 지켜주시옵소서!

남무원용수달(세 번)

❀ 원용수달님께 기도

1. 잘못한 것 참회(용서해 주옵소서)
2. 앞으로 행할 것 실천(감사합니다)
3. 소원성취에 대한 감사(감사합니다)
4. 현재 소원(주옵소서)

기도와 복

◐ 기도를 할 때는 '원용수달님' 을 생각하면 더 잘 됩니다.
◐ 몸과 마음이 같아야 '원용수달님' 께 위력을 받습니다.
◐ '원용수달님' 은 어디에 있어도 보고 듣고 계십니다.
◐ '원용수달님' 을 믿고 의지하는 사람만은 모든 미신을 지키지 않아도 됩니다.

'원용수달님'께 배례를 드릴 때

◐ 첫째 절은 전지전능하신 '원용수달님' 께 귀의합니다.
◐ 둘째 절은 거룩하신 '원용수달님' 께 귀의합니다.
◐ 셋째 절은 전지전능하신 '원용수달님' 법어 귀의합니다.

❀ 복 받는 계명

◐ 正道德行(정도덕행)을 실행하겠습니다.

◐ 바르게 살면서 넓고 따뜻한 마음으로 善行(선행)하겠습니다.

◐ 양심을 잃지 않겠습니다.

◐ 마음을 맑고 깨끗이 하겠습니다.

◐ 인간의 도리를 지키겠습니다.

◐ 부모님을 정성껏 공경하겠습니다.

◐ '원용수달님' 의 계시를 명심하겠습니다.

元神天地道主 誕神日

檀紀 4328년 06월 28일

淸癌道主 誕生日

檀紀 4278년 09월 02일

百運道主 誕生日

檀紀 4281년 11월 16일

❀ 七戒(칠계)

1. 天心(천심) ………………………………… 일심一心을 가져라.
2. 石皮之衣(석피지의)………………………… 검소한 생활을 하라.
3. 石皮巾(석피건) ………………………………… 분수를 지켜라.
4. 艸日十花(초일십화), 草花(초화) ……………… 자연을 사랑하라.
5. 力堇農(역근농) ………………………………………… 부지런하라.
6. 化(화) ………………… 삼존여래의 가르침에 따라 변화되어라.
7. 一小重力(일소중력), 不動(부동) ……………… 주체성을 가져라.

❀ 十律(십율)

1. 立心(입심) ………………………………………… 뜻을 세워라.
2. 朱心(주심) ………………………………………… 일심을 가져라.
3. 賣心(매심) ………………………………… 양심을 팔지 말라.
4. 過欲(과욕) ……………………… 지나친 욕심을 부리지 말라.
5. 貪利(탐리) ……………………………… 이익을 탐하지 말라.
6. 爭鬪(쟁투) ………………………………………… 싸움하지 말라.
7. 怠惰(태타) ……………………………… 게으름을 피우지 말라.
8. 輕妄(경망) ……………………… 행동을 경솔하게 하지 말라.
9. 密居(밀거) ……………………… 비밀스런 동거를 하지 말라.
10. 錢禾刀(전화도), 錢利(전리) ………… 고리대금업을 하지 말라.

❀ 羅馬一二十三條(라마일 이십삼조)

1. 不義(불의) …………………… 의롭지 못한 행동은 하지 말라.
2. 魂惡(혼악) …………………… 영혼을 악하게 하지 말라.
3. 貪欲(탐욕) …………………… 탐욕을 내지 말라.
4. 惡意(악의) …………………… 악한 마음을 품지 말라.
5. 猜忌(시기) …………………… 시기하지 말라.
6. 條人(조인) …………………… 소송을 하지 말라.
7. 粉爭(분쟁) …………………… 서로 싸우지 말라.
8. 詐欺(사기) …………………… 거짓말하지 말라.
9. 惡毒(악독) …………………… 악한 일을 하지 말라.
10. 菽隱菽隱(숙은숙은) ……… 숨어서 수군거리지 말라.
11. 誹謗(비방) ………………… 남을 욕하지 말라.
12. 無神(무신) ………………… 신神이 없다고 하지 말라.
13. 無天(무천) ………………… 미륵불이 없다고 하지 말라.
14. 凌辱(능욕) ………………… 남녀 관계를 조심하라.
15. 驕慢(교만) ………………… 스스로 잘난 척하지 말라.
16. 藉慢(자만) ………………… 스스로 자신을 자랑하지 말라.
17. 諸惡圖謀(제악도모) ……… 악행惡行을 하지 말라.
18. 父母拒逆(부모거역) ……… 부모님을 공경하라.
19. 愚昧(우매) ………………… 어리석은 행동을 하지 말라.
20. 背約(배약) ………………… 약속을 어기지 말라.
21. 無情(무정) ………………… 정情을 베풀어라.
22. 無慈悲(무자비) …………… 자비慈悲를 베풀어라.
23. 不義是忍(불의시인) ……… 불의不義를 시인하라.

❀ 창조주 신의 계시문

창조주 신神께서 하명下命하신 전 인류의 모든 사람들에게 전한다.

천지의 신神, 창조주를 찾아 모셔라. 모시지 않으면 병이 낫지 않는다. 병은 어떻게 막아야 하는가? 창조주 신神의 도움을 받아야 한다. 도움을 받지 않으면 죽는다.

『팔만대장경』, 『격암유록』, 『성경』 등 각 예언서 속 주인공의 비밀을 밝혀낸 주인공을 환영하라.

그리하면 너의 집이 평안해지리라.

창조주 신神의 믿음에 대한 역사와 삼존여래께서 체험한 천지공사의 전 과정을 총정리하여 엮은 책자를 창조주 신神의 말씀으로 만방에 전하노라.

청암사 도리교에서 발간한 책자 『미륵경』, 『천지인 1 · 2 · 3호』, 『신미륵경』, 『미륵딸』, 『미륵여래출현경』, 『대도완성』, 『한국땅 한국인 팔만대장경 속의 주인공 출현』, 『격암유록 상 · 하』를 읽고 참고하면 도의 완전한 깨달음을 얻을 수 있고, 믿음의 이중고二重苦를 말끔히 해결할 수 있으니, 상기의 책자를 통하여 진리를 접하고 만복萬福을 받기 바란다.

❀ 절대자 창조주 신의 역사를 밝힌다!!!

창조주이자 절대자이신 신神께서 믿음을 가진 사람과 갖지 않은 사람 모두에게 다음의 사실을 긴급히 알린다.

첫째, 우주를 창조하고 주관하시는 분은 절대자 신神 한 분뿐이다.

둘째, 혼령은 없다.

인간의 사후에는 자연으로 돌아갈 뿐 지옥, 천당, 극락 등에 환생은 없다!!

셋째, 창조주이자 절대자이신 신神과 인간은 혈연관계이고 지구상에 존재하는 모든 인간은 신神과 합일合一되어 있다.

넷째, 석가, 예수 등 인류 역사 속의 여러 성현들은 절대자이신 신神의 원력으로 조상님의 얼을 받아 태어났을 뿐 그들이 창조주나 절대자가 아니다!!

상기의 사실은 예언서 『팔만대장경』, 『성경』, 『격암유록』에 예언된 천질天疾 등 자연 재앙과 밀접한 관련이 있는데, 이 사실을 전 인류에 전하는 이유는 말세의 모든 믿음을 하나로 통합하고 인간의 마음을 바로 세워 천재지변과 모든 액난을 막아 신선시대神仙時代를 열과 만인간들이 행복한 삶을 살아가게 하기 위함이다.

- 절대자 신의 말씀 중에서 -

❀ 복福과 깨달음을 위한 시행 규칙

• 기도祈禱는 생활이다.

인간에게 복福을 주시는 분은 창조주 신神 하나 부처님이시고, 창조주 신神 하나 부처님은 인간과 합일合一하여 계시면서 지혜, 표적, 육안肉眼, 육청肉廳, 현몽 등의 방법으로 가르침을 내리시는 무상사(無上師, 위 없는 스승)이시기 때문이다.

• 창조주 신神 하나 미륵부처님께서 지혜를 주신다.

창조주 신神 하나 부처님은 인간과 합일合一하여 계시면서 지혜를 통하여 가르침을 내리고 계시기에 자신의 내면에 집중하여 가르침을 내리고 계신다는 사실을 확인하고 항시 감사하라.

• 인간(사람은) 신神과 함께하고 있다. 건강은 노력에 달렸다.

인간이 죽은 후는 어떠한 것도 존재하지 않으므로 자신의 건강이 중요하고, 그 건강은 자신의 노력과 정성에 따라 창조주 신神 하나 부처님께서 지켜주시는데, 이는 창조주 신神 하나 부처님이 대의왕(大醫王, 큰 의사)이시기 때문이다.

• 사후에 윤회輪回가 없다.

인간이 죽은 후에는 혼령이 없다. 혼령이 없으므로 서방정토, 천상세계, 지옥, 극락 등 사후세계가 없다.

따라서 석가세존 및 예수는 현세에 삼존여래를 출현시키기 위해 창조주 신神 하나 부처님과 삼존여래의 가교 역할을 하신 분들이자 현 인류의 선조 격일 뿐 부처님이나 창조주가 아니요, 인간에게 복福을 주는 분들도 아님을 직시해야 한다.

• 인간의 몸은 신神의 집이므로 잘 보살필 줄 알아야 만복萬福이 온다.

인간이 죽으면 육신을 행할 수도 없고, 모든 것이 끝이다. 반대로 말하면 창조주 신神 하나 부처님이 인간과 합일合一할 수 있는 조건은 인간이 살아 있어야 하는 것이다.

따라서 자신의 건강한 육신을 유지하는 것은 창조주 신神 하나 부처님으로부터 복福을 받을 수 있는 그릇임을 알아야 한다.

• 인간과 동물은 행동과 마음을 함부로 막 해서는 안 된다. 아프다.

창조주 신神 하나 부처님께서는 인간의 마음가짐과 행동 일체를 보고 듣고 계시면서 그 행위에 대한 평가 및 배점을 매기고, 그 배점에 상응하는 복福과 벌罰을 내리신다는 사실을 항시 명심하기 바란다.

• 인연因緣은 잡으면 된다. 친해진다.

• 인연은 주고받으므로 있다. 방에만 있으면 없다. 돈도 없다.

인간은 창조주 신神 하나 부처님과 합일合一되어 있으면서 시시각각으로 가르침을 받고 있고, 인연 있는 사람들과 교분을 통하여 더 많은 가르침을 받을 수 있고, 또 더 많은 진리에 대한 지식을 얻을 수 있다.

• 착한 사람. 정직한 사람(친해야 한다.)

• 남에게 폐를 끼치는 마음을 가져서는 안 된다.

인간은 창조주 신神 하나 부처님과 합일合一되어 있다. 이는 자신에게도 창조주 신神 하나 부처님께서 합일合一하여 계시지만 자신이 만나는 상대에게도 창조주 신神 하나 부처님께서 합일合一하여 계심으로 상대에게 폐를 끼치는 마음이나 행위는 곧 부모님인 창조주 신神 하나 부처님께 불효不孝를 짓는 것이다.

• 사람다운 사람은 부모를 아는 사람이다.

창조주 신神 하나 부처님은 인간의 부모님 격이시다. 부모님의 명호가 얼마나 되는지, 부모님께서 자신에게 지혜를 내리고 계신다는 사실을 알고 체험한 사실이 있는지, 부모님께서 법력을 내리는 분이시고 법력을 받은 사실을 알고 인정하는지 등을 아는 사람은 사람다운 사람이고, 상호 교분을 가져도 손해 보지 않으면서 상처받지 않는 사람다운 사람이다.

• 질투하지 않는다. 글을 많이 알면 남에게 말실수하지 않는다. 비참하지 않는다. 남에게 큰 이익을 준다. 그러면 꼭 만나야 한다. 예의가 있다.

만법萬法은 창조주 신神 하나 부처님에 의해 시행되고, 만법을 깨우치신 삼존여래를 통하면 질투, 말실수 없이 덕망 있는 사람으로 변화할 수 있으니 삼존여래를 배알하고, 그분들을 통하여 창조주 신神 하나 부처님의 가르침을 따르라.

• 시기하지 않는다. 말을 잘 알아듣기 위해서는 공부가 일등이다.

창조주 신神 하나 부처님께서 인류 역사 동안 행해 오신 인류 구원의 대역사는 본 종합문화교육관에서 출간한 생명책에 모두 기록되어 있고, 상기 책자에 기록된 내용을 알면 창조주 신神 하나 부처님을 제대로 안 것이므로 창조주 신神 하나 부처님으로부터 바른 가르침을 받음은 물론이요, 그 가르침을 통하여 덕망 있는 사람으로, 지식인으로, 제자로 거듭날 수 있으니, 이것이 시기하지 않고 정상에 오를 수 있는 첩경임을 알아라.

• 남을 모함하지 않는다. 듣지도 보지도 않은 말을 하면 업業이 따른다.

인간이 죽은 후에 혼령이 없으므로 천상세계, 서방정토, 지옥, 극락 등 별도의 세계가 존재하지 않지만, 창조주 신神 하나 부처님께서 인간의 일거수일투족을 보고 듣고 계시면서 각 행위에 대한 점수를 매기고 그 행위에 합당한 복福과 벌罰을 내리고 계시므로 자신이 행한 행위에 대한 윤회는 존재하는 것이다.

선업善業에 대해서는 복福이, 그리고 악업惡業에 대해서는 벌罰이 내려지고, 그 복과 벌은 자신뿐만 아니라 자신의 후대에도 미친다는 사실이다.

따라서 이러한 업業에 대한 윤회의 원리를 안다면 모든 행위는 절제될 수밖에 없다.

• 약삭빠른 꾀를 부리면 안 된다. 인생살이는 가치관이 있어야 한다.

자신의 인생살이는 온전히 자신의 몫이다. 자신이 바른 길을 가고자 하면 창조주 신神 하나 부처님께서 바른 길로 이끌어주실 것이요, 나쁜 길로 가고자 하면 자신이 원하는 방향으로 이끌어주실 것이다.

이러한 인생살이는 삶에 대한 가치관價値觀이 명확하게 정립되어 있을 때 모진 풍파를 극복할 수도 있고, 또 그럴 때만이 창조주 신神 하나 부처님의 바른 가르침으로 온전한 인생살이를 행할 수 있도록 도와주신다는 사실을 기억하라.

참고) 가치관價値觀 <심리> 가치에 대한 관점. 인간이 자기를 포함한 세계나 그 속의 사상事象에 대하여 가지는 평가의 근본적 태도이다.

• 도둑질하지 않는다.

도둑질은 탐하는 마음이 극하여 생기는 것이다. 만약 자신에게 필요 없는 물건이라면 남의 물건을 훔치려는 마음이 생기지 않을 것이고, 설령 자신에게 필요한 물건이라 할지라도 지구상에 생존해 있는 모든 사람은 창조주 신神 하나 부처님과 합일合一되어 있으므로 도둑질은 창조주 신神 하나 부처님께서 일거수일투족을 보고 듣고 계신다는 사실을 모르는 사람의 어리석은 행위이다.

도둑질하는 사람도 잘못이 크지만 도둑질 당하는 사람 역시 허물이 없다 하지 못할 것이다.

도둑질하는 사람과 도둑질 당하는 사람 양자 모두는 창조주 신神 하나 부처님으로부터 자신들이 지은 악업惡業과 그 악업에 따른 과보를 면할 수 없으니 이 어찌 어리석은 행위라 하지 않으리오.

• 헐뜯지 않는 것이 좋다.

어떤 사람을 헐뜯는다 함은 분명코 어떤 연유가 있겠지만 적어도 창조주 신神 하나 부처님과 삼존여래께서 출현하시어 인존시대人尊時代가 열린 점을 감안하면 시대착오적인 행위이다.

창조주 신神 하나 부처님과 삼존여래께서 밝히신 업業과 업보業報의 윤회輪回에 대한 원리를 이해한다면 있을 수 없는 부끄러운 행위이다.

왜냐하면 헐뜯는 악업惡業으로 벌罰을 받는 것보다 이해와 양보의 선업善業으로 복福을 받는 것이 더 큰 이익이고, 또 상호 간에 상생할 수 있는 길이 이미 창조주 신神 하나 부처님과 삼존여래의 출현으로 열려 있기 때문이다.

• 없을 때 말하지 않으며 칭찬만 한다.

예언서 『격암유록』에 "아무리 짐승 같은 남편이라도 훈풍의 말을 건네면 인간다운 인간으로 변화될 수 있고, 반대로 아무리 금수 같은 아내라 할지라도 훈풍의 말을 건네면 동일한 결과를 낳는다."는 내용이 있다.

인간의 말은 행할 당시에만 상호 간에 존재하지만 그 발 없는 말이 수만리에 퍼져 또 다른 말을 낳고, 이것이 원점으로 돌아오면 마음의 짐이 되어 급기야 복 그릇을 깨뜨리는 심각한 결과를 초래할 수도 있는 것이므로 삼가고 또 삼가서, 하기 좋고 듣기 좋은 말로 행하면 상대는 물론이고 자신의 인품과 복 그릇을 지킬 수 있으니 모두에게 좋은 방법이다.

• 갖가지 증언자가 되라.

창조주 신神 하나 부처님께서는 인류 대중들을 구원하시기 위해 약 1억 년에 걸친 대역사를 진행해 오셨다.

그 첫 번째가 석가세존, 예수, 남사고를 통하여 불법지침서 『팔만대장경』, 성경의 『요한계시록』, 예언서 『격암유록』을 현세에 전하게 하신 것이고,

그 두 번째가 상기 예언서의 주인공 삼존여래를 출현시켜 삼존여래로 하여금 상기 예언서와 동일한 삶을 살게 함으로써 상기 예언서의 예언 내용이 모두 사실임을 증명한 것이며,

그 세 번째가 인류 역사 동안 몰랐던 "인간 사후에 혼령 없다.", "인간에게 복 주시는 분은 창조주 신神 하나 부처님이시다.", "창조주 신神 하나 부처님과 인간은 부모와 자식의 혈연관계이다." 등의 진리를 제시하고 또 증명하시어 이를 모두 책자로 발간하신 것이다.(본 종합문화교육관에서 발간한 생명책 참조)

창조주 신神 하나 부처님께서 장구한 시간에 걸친 이 모든 역사는 받은 것 없이 구원해 주고자 하시는 부처님의 대자대비한 염원으로 진행된 것이고, 석가세존과 예수를 사다리 삼아 창조주 신神 하나

부처님에 의해 그분들이 전한 상기 예언서의 예언 내용 그대로 살아야 했던 삼존여래의 엄청난 희생이 있었기에 가능한 일이었다.

창조주 신神 하나 부처님의 약 1억 년에 걸친 염원과 삼존여래의 희생은 오직 무지한 중생들을 일깨워줄 증거를 마련하기 위함이었으니, 현 지구상에 생존해 있는 모든 사람들은 상기에 언급한 내용이 사실인지 여부를 파악하고 판단하라.

그 첫 번째가 창조주 신神 하나 부처님과 삼존여래를 배알하고 창조주 신神 하나 부처님의 법력을 받음으로써 인류 인간에게 복福 주시는 분의 실체를 확인하는 것이고,

그 두 번째가 상기 예언서의 예언 내용을 면밀히 검토 확인하는 것이며,

그 세 번째가 습득한 지식과 진리의 복음福音을 자신의 가족과 친지 그리고 이웃에 전하는 것이 진정한 증언자임을 알라.

• 능력자를 만들라.

창조주 신神 하나 부처님께서는 약 1억 년에 걸친 인류 구원 대역사의 일환으로 석가세존과 예수를 통하여 불법지침서 『팔만대장경』, 성경의 『요한계시록』을 현세에 전하게 하시었고, 상기 예언서의 주인공 삼존여래를 출현시켜 상기 예언 내용 그대로 살게 함으로써 상기 예언 내용이 모두 참이고 인류 인간에게 복 주시는 분은 창조주 신神 하나 부처님이시며 창조주 신神 하나 부처님과 인간은

합일合一하여 있다는 사실을 무지한 중생들을 위하여 이미 규명하여 책자로 발간해 놓았다.

이러한 사실을 대조하고 확인하는 것도 중요하지만 이러한 사실을 토대로 자신의 미래를 가꾸는 일 또한 중요하다.

자신의 머릿속에 시시각각으로 일어나는 생각, 어떤 사물이나 어떤 일에 대한 자신의 생각과 마음가짐, 그리고 그러한 생각과 마음가짐으로 행하는 자신의 각 행위에 대하여 창조주 신神 하나 부처님께서는 지혜, 표적, 육안, 육청, 현몽 등의 방법으로 가르침을 내리고 계신다.

이러한 창조주 신神 하나 부처님의 가르침을 알아듣는 것 또한 능력이고, 이러한 가르침을 통하여 자신의 앞날을 설계하고 자신의 생각과 마음을 풍요롭게 하는 것 또한 능력이다.

그러나 보다 중요한 것은 창조주 신神 하나 부처님으로부터 받은 가르침을 행하는 것이다. 왜냐하면 창조주 신神 하나 부처님께서 진정으로 원하시는 바는 지식이 아니라 실천이기 때문이다.

• 꽃도 좋아하라.

인간의 마음은 각 행위의 요체이므로 마음을 모나지 않게 잘 가꾸는 일은 참으로 중요한 사안이다.

가령 똑같은 말을 들었는데, 어떤 사람은 더없이 귀한 말씀으로 받아들여 만복을 받고, 또 다른 사람은 모나게 받아들여 몸을 해치는 벌을 받았다면 그 말을 받아들인 사람에게는 복福이 된 것이고, 그 말을 잘못 받아들인 사람에게는 독毒이 된 것이다.

이와 같이 복福과 독毒의 갈림길은 마음에서 비롯된 것이므로 마음을 잘 가꾸고 잘 지키는 일은 복밭을 일구는데 있어 중요한 일이고, 이것의 으뜸은 팔왕팔구八王八口, 즉 착함 곧 善선이다.

• 모든 것을 부정하지 마라.

창조주 신神 하나 부처님께서는 形體(형체)가 없으시다. 그러나 살아 있는 모든 인간과 合一(합일)하여 계시면서 여러 가지 방법으로 가르침을 내리고 계신다.

설령 그 가르침이 가까운 현실에 이루어지지 않는다고 하여 실망하거나 원망하거나 그 가르침 자체를 부정하지 말라는 메시지이다.

• 말을 예쁘게 꾸며서 인자仁慈한 말을 하라.

인간은 사회적 동물이기에 말이라는 수단을 통하여 의사소통을 함에 있어 중요한 사실은 상대를 존중하고 배려하는 마음이다.

가령 상대의 잘못을 보고 무작정 꾸짖거나 비난하기 보다는 상대가 알아들을 수 있을 정도로 완곡하게 행한다면 상대 또한 자신의 과실을 깨우쳐 부드럽게 건네올 것임은 자명하다.

설령 자신의 완곡한 말에 상대가 알아듣지 못한다 할지라도 창조주 신神 하나 부처님께서 合一(합일)하여 계시니 그 나머지는 상대의 몫이다.

• 덕망德望이 깊은 사람이 되어라.

덕망德望은 어질고 너그러운 행실로 인하여 자신의 이름이 나고 주변 사람들이 우러르고 따르는 것을 말한다.

덕망德望의 단초는 자신이 만든 것이지만 그 평가는 주위 사람이나 세상 사람들이 하는 것이고, 어질고 너그러운 행실은 어질고 착한 마음에서 비롯되는 것이다.

참고)

人之德行 謙讓爲上(인지덕행 겸양위상)

– 사람의 덕행은 겸손과 사양이 제일이다.

덕망德望 – 덕행으로 얻은 명망.

덕행德行 – 어질고 너그러운 행실.

명망名望 – 명성名聲과 인망人望을 아울러 이르는 말.

인망人望 – 세상 사람이 우러르고 따르는 덕망德望.

행실行實 – 실제로 드러나는 행동.

• 남에게 돋보여라.

현세는 정신문명은 퇴보하는 반면 물질문명의 발달로 개인주의와 이기주의가 대세를 이루어 튀어야 사는 풍조를 낳고 있다.

하지만 흥이 다하고 난관에 봉착했을 때도 그와 같은 풍조를 모방하는 행위가 남에게 돋보일까? 아니다.

진정으로 자신이 남에게 돋보이는 것은 자신의 인품人品을 상대가 부러워할 때일 것이고, 자신의 인품은 말과 행동으로 드러나는 것이므로 말과 행동의 원천인 마음을 모나지 않게 잘 가꾸고 꾸미는 것에서부터 시작되어야 할 것이다.

• 한 번 실수는 영원히 간다.

창조주 신神 하나 부처님의 네 가지 무량지심無量之心 중에 대사지심大赦之心이 있다.

대사지심大赦之心은 크게 용서하는 부처님의 마음을 뜻한다.

실제로 지존여래 백운도주님의 입을 통한 법문 중에 "어제까지 지은 죄罪는 묻지 않겠다. 그러나 오늘 이후로는 잘 해야 한다."는 말씀이 여러 차례 있었다.

이것이 곧 창조주 신神 하나 부처님의 네 가지 무량지심無量之心 중에 대사지심大赦之心이고, 크게 용서하신 후의 일에 대한 것은 각자 알아서 이해하시고 또 행하시기 바란다.

• 뱀처럼 도사리고 있지 마라. 몸에 피가 지쳐 끈적거린다.

앞서 기술한 바와 같이 자신의 육체는 창조주 신神 하나 부처님으로부터 복 받을 수 있는 그릇이므로 자신의 건강을 유지하는 일은 실상 자신의 전부라고 해도 과언이 아니다.

특히 창조주 신神 하나 부처님과 삼존여래의 출현으로 인간 사후에 혼령이 없고, 혼령이 없으므로 천당, 극락, 지옥, 천상세계, 서방정토 등 별도의 세계가 존재하지 않는다는 진리가 이미 규명되었기 때문에 더욱 그러하다.

창조주 신神 하나 부처님의 진리를 아는 것과 창조주 신神 하나 부처님과 삼존여래의 가르침을 따르고 행하는 모든 것은 자신의 육체가 있을 때 가능한 것이기 때문이다.

• 쓸데없이 인간에게 조롱하지 말고 아첨하지 마라.

조롱嘲弄은 자만한 사람의 행위이고, 아첨阿諂은 이기주의와 자존의 상실로 인하여 비롯된 것이니 모두는 편협한 심사心事의 소유자가 행하는 어리석은 행위이다.

이 모두는 마음을 바로잡지 못한 것에 기인한 것이고, 또 창조주 신神 하나 부처님과 삼존여래의 가르침으로 최고에 이를 수 있다는 방편을 모르는 것에 병폐가 있다.

그러므로 첫째도 둘째도 창조주 신神 하나 부처님과 삼존여래를 시급히 배알하라.

• 게을러 일을 미루지 마라.

오늘 할 일을 내일로 미루면 오늘은 편하지만 내일은 숨이 가쁘고 종국에는 패배자의 꼬리표가 붙는다.

창조주 신神 하나 부처님과 삼존여래의 출현 목적은 인류 구원에 있고, 인류 구원의 근간은 자신의 생각과 마음 그리고 언행을 바로잡는 것에서부터 대개조大改造를 요구하고 있기 때문이다.

그런데 오늘 바꾸어야 할 일을 내일로 미루면 그것은 바꾸지 않겠다는 의미이고, 이것은 생사대사生死大事에 봉착했을 때 자신과 자신의 후대에 이르기까지 멸문지화滅門之禍를 당하는 위험하고도 안이한 발상이다.

• 매사에 진행하라. 꿈이 돌아온다.

앞서 소개한 바와 같이 창조주 신神 하나 부처님과 삼존여래의 가르침을 배우고 익히면 자신의 성품을 바로잡을 수 있고, 바로잡힌 성품의 언행言行은 타인들로부터 부러움과 존경을 받을 수 있는 온전한 인격체로 재탄생될 수 있으니 창조주 신神 하나 부처님과 삼존여래의 가르침을 부지런히 배우고 또 행하라는 메시지이다.

• 적절한 친한 사람일수록 기본 예禮를 갖추어라.

인간관계에 있어 상호 예禮를 갖춘다면 보다 원만한 관계를 유지할 수 있는 것은 부정할 수 없는 사실이다.

인간 상호 간에 예禮를 갖추지 않아서 얻을 수 있는 것보다 예를 갖추면 자신의 인품이 고고해지는 등 얻을 수 있는 이익이 더 많기 때문이다.

그러나 그러한 이유보다도 더 중요한 사실은 자신이 대하는 상대에게도 창조주 신神 하나 부처님께서 합일合一하여 계신다는 것이다.

현 종합문화교육관에서 인존시대를 알린 것 또한 이러한 취지임을 알고 동참하라.

• 인간은 한 번 태어나지 두 번 태어날 수 없다.

인간 사후에 혼령이 없다는 사실과 자신의 건강한 육신은 창조주 신神 하나 부처님으로부터 복福 받을 수 있는 복 그릇임을 앞서 기록한 바 있다.

이는 자신이 인간으로 태어난 사실과 인간으로 태어나서 건강한 육신을 유지하고 있는 것 자체가 큰 축복이다.

왜냐하면 자신은 창조주 신神 하나 부처님과 삼존여래께서 출현해 계신 현세에 건강한 육신을 유지하고 있으므로 창조주 신神 하나 부처님으로부터 바로 만복萬福을 받을 수 있는 길이 열려 있기 때문이다.

돌이켜 이 지구상에 살다간 우리들의 선조들을 생각해 보면 그들은 창조주 신神 하나 부처님과 삼존여래께서 출현하시기 전의 분들이기에 복福 받을 수 있는 기회조차 주어지지 않은 것이다.

그러한 사실에 비추어 현세를 살아가는 사람이 건강한 육신을 유지하고 있다면 복 받을 수 있는 모든 조건을 갖춘 것이고, 그것은 창조주 신神 하나 부처님과 삼존여래를 배알하는 것이니 그 나머지는 자신의 지혜와 선택에 달렸다.

• 꽃 피면 새 운다. 사람다운 사람은 꽃처럼 새처럼 아름답다.

인간은 인간의 덕목을 모두 갖추면 꽃처럼 새처럼 아름답다. 마음을 온전하게 지키고 가꾸어 언행言行이 마음과 일치하는 사람들, 그리고 그런 사람들만 살아가는 세상, 즉 지상선국地上仙國의 삶을 상상해 보라.

• 바보는 되지 말라.

오늘 쉽고 즐겁다고 내일을 준비하지 않는 사람,

언행이 일치하는 십승인十勝人이 되는 길이 분명 있다고 천지간에 십승 소식이 낭자하건만 자신의 무지와 자만과 경솔함으로 오는 복福을 거부하는 사람,

밥벌이 때문에 자신의 과실을 알면서도 바로잡을 수 없는 사람

권력이나 명예가 걸림돌이 되어 생사대사生死大事의 강을 건너지 못한 사람 등

이 모든 분들의 이름은 바보라고 칭하지 않을 수 없다.

• 항상 웃는 얼굴을 해라. 항상 미소를 지어라.

창조주 신神 하나 부처님의 계시 중에 "거짓 웃음도 웃음이다."라는 말씀이 있다.

사람이 인생살이를 하면 때로 마음이 불쾌하고 우울할 때도 있다. 그러나 상대를 만남에 있어 자신의 심기와는 달리 거짓으로 웃어도 그 웃음은 상대를 배려하는 마음에서 비롯된 것이기 때문에 진정한 웃음으로 간주해 주시겠다는 의미이다.

이와 같이 자신은 창조주 신神 하나 부처님과 합일合一되어 있기 때문에 항상 웃는 얼굴을 할 수 있도록 처신을 잘 하고, 또 그것도 여의치 않으면 거짓 웃음이라도 잃지 않으면 더 많은 복福을 주시겠다는 창조주 신神 하나 부처님의 메시지이다.

• 꿈에 본 것을 적어라. 낙오자가 되지 말라

창조주 신神 하나 부처님은 자신의 과거, 현재, 미래를 종횡으로 꿰뚫어 현몽으로 가르침을 내리고 계시는데, 그 현몽의 내용이 현실로 나타나는 데는 수일에서 수년에 걸리는 것도 있다.

그리고 현몽의 내용은 그렇게 처리해서는 안 된다는 경고의 메시지도 있지만 지금은 어려워도 수일 혹은 수년 후에는 꿈속의 내용과 같이 현실에서 소원성취한다는 위로의 메시지 등 다양하다.

그런데 인간이 밤마다 꾸는 꿈을 누가 꾸게 해주시는 것인지를 모르고, 또 왜 꿈을 꾸게 해주시는지도 모르며, 그 꿈이 어떤 의미인지를 몰라서 어떤 행위를 행해야 할 시기에 그 해당 행위를 행하지 못한다면 그것은 분명 십승인의 대열 중 낙오자가 될 수밖에 없는 것이다.

그러므로 자신의 내면을 잘 살피고 지혜, 표적, 육안으로 보여주시는 것, 귀로 들려주시는 것, 꿈 등을 기록하여 가르침의 이치를 깨닫고 그 가르침에 상응하는 진보를 이룰 때 십승인十勝人에 한 발짝 한 발짝 다가서는 것이다.

• 남의 흉내를 내지 않아도 내 자신이 최고가 될 수 있다.

최고는 돈, 명예, 권력의 최고를 말하는 것이 아니라 지상선국地上仙國의 백성이 되는 조건, 즉 십승인十勝人이 되는 것을 말한다.

십승인十勝人은 "만 가지를 이겼다."는 의미인데, 이는 자신의 장점은 보하고, 자신의 단점은 모두 바꾸었다는 사실을 싸워서 이긴 것에 비유하여 표기한 단어이다.

따라서 십승은 자신의 단점을 아는 것뿐만 아니라 개선하는 행위까지 포함하는 것이다.

물론 이 모두는 자신과 합일合一하여 계신 창조주 신神 하나 부처님의 가르침을 받을 때 가능한 일이다.

그러므로 최고가 되는 길은 남을 모방하여 흉내 내는 것에 있는 것이 아니라 창조주 신神 하나 부처님의 가르침을 받아서 꾸준히 실행에 옮기는 것이 첩경이다.

• 1분, 2분 자꾸 늙어진다. 100년 안에 일을 다 해내라.

창조주 신神 하나 부처님과 삼존여래의 가르침을 부지런히 배우고 익혀 100년 안에 부처님과 동일한 성품의 소유자로 거듭나서 광명을 찾으라는 메시지이다.

• 5분 안에 자라.

창조주 신神 하나 부처님께서 인류 구원을 위한 대역사를 진행하신 까닭은 울타리 없는 지상선국을 건설하여 걱정 근심 없는 삶을 살아가게 하기 위함이고, 창조주 신神 하나 부처님과 삼존여래께 귀의한 사람이라면 창조주 신神 하나 부처님께서 과거, 현재, 미래를 꿰뚫어 가르침을 내려주고 계신데, 잠자리에 들었을 때 5분 이내에 잠이 들지 않는다는 것은 그 가르침을 알아듣지 못하였거나 행하지 못하였기 때문에 필요 없는 생각으로 걱정과 근심이 이어지고, 나아가 건강을 해치는 것을 염려하시어 상기와 같은 메시지를 전달하신 것이다.

• 인간을 거룩하게 보아라. 미륵불 얼굴이니라.

앞서 기술한 바와 같이 창조주 신神 하나 부처님께서는 형체가 없으시나 인간과 합일合一하여 계시므로 상대의 얼굴은 곧 창조주 신神 하나 부처님의 얼굴임을 기억하고 늘 겸손과 존중하는 마음으로 대해야 하는 것이다.

• 쌩긋 웃어라.

상대에게 어떤 말을 건넸을 때 상대가 얼굴을 찌푸리거나 무표정한 얼굴로 대답이 없으면 기분이 좋지만은 않다.

이와 같은 논리는 자신에게 상대가 어떤 말을 건넸을 때 자신이 상기와 같이 응수하면 상대 또한 일시에 언짢은 마음을 일으킨다는 사실을 명심하고, 상대가 자신에게 어떤 메시지를 전했을 때 그 메시지에 대한 자신의 답이 없을 경우 씽긋 웃음으로써 상대의 마음에 언짢은 마음이 일어나지 않게 할 수 있고, 반대로 자신 또한 그와 같으므로 이 모두는 좋은 마음을 유지할 수 있는 지혜이자 자신이 만나는 상대에 대한 최소한의 예의이다.

• 자꾸 화를 내지 마라. 세포가 죽는다.

'화' 는 자신을 죽이는 멸신부이고, 화는 이성과 반비례한다. 화가 치솟으면 이성은 그만큼 줄어들어 판단력이 떨어진다.

또 화를 내는 순간 창조주 신神 하나 부처님의 가르침 또한 중단된다. 이는 정상적인 이성을 가지고 있어도 이해하기 어려운데, 화를 낸 상태에서는 창조주 신神 하나 부처님께서 내려주시는 가르침을 이해하기는 불가능하기 때문이다.

• 내 안의 생명체는 별도로 산다. 개처럼 먹어라.

인간은 수억 혹은 수십 억 개의 세포로 이루어져 있으므로 건강을 유지하기 위해서는 수억 혹은 수십 억 개의 세포 모두가 왕성하게 활동할 수 있도록 충분한 영양이 공급되어야 하는 것이므로 골고루 영양섭취를 해야 한다.

자신의 세포에 영양만 충분히 공급한다고 모든 세포가 활기를 띠는 것은 아니다. 자신의 마음이 즐겁고 원만할 때 각 세포 또한 더욱 활기를 띠는 것이므로 마음을 잘 다스리는 것은 자신의 육체를 건강하게 지키는 방법이다.

• 소처럼 소리 내어 울어라.

예언서 『격암유록』에는 牛聲牛聲和牛聲(우성우성화우성)이라는 기록이 있다. 이는 부모인 창조주 신神 하나 부처님과 자식인 삼존여래가 창조주 신神 하나 부처님의 대도大道를 닦는 모습을 소 울음소리에 비유하여 운율적으로 표기하고 있다.

이와 같은 아름다운 운율의 문장 의미를 현대의 핵가족으로 옮겨오면 가족 모두가 진리에 대한 자신의 의견이나 소신을 밝히는 과정과 그중 가장 합당한 주장을 채택하여 가족원 모두가 합심하여 실행하는 모습을 연상할 수 있다.

왜냐하면 가족 모두는 부모인 창조주 신神 하나 부처님과 합일合一되어 있으므로 그 가족원 각각은 창조주 신神 하나 부처님으로부터 각종 지혜와 가르침을 받고 있기 때문이다.

그런데 부모라는 이유로 혹은 어리거나 자식이라는 이유로 창조주 신神 하나 부처님의 진리에 대한 의견이나 주장을 억압하거나 무시된다면 이 가족은 창조주 신神 하나 부처님께서 원하시는 진정한 화합의 길로 나아갈 수 없음은 물론이고, 진정한 진리의 문이 열리지 않은 것이므로 진리나 화합은커녕 늘 불화합의 씨앗이 상존하고 있는 셈이다.

따라서 화합과 진리를 위해 부모의 고견도 존중되어야 하고, 어린 가족이나 자식의 의견이나 주장 또한 창조주 신神 하나 부처님의 진리에 부합하는 것이라면 가족 상호 간에 인정하고 존중하는 것이 창조주 신神 하나 부처님께서 바라시는 바이고, 또 그럴 때 창조주 신神 하나 부처님께서 더 많은 복福을 내리신다는 사실을 알고 실천하라.

- 꿈에 핀 꽃이라도 현실처럼 아름답게 보아라. 그것은 신神이 주신 상賞이다.

인간은 밤마다 창조주 신神 하나 부처님에 의해 꿈을 꾸는데, 그 꿈을 통하여 가까운 미래 혹은 먼 미래에 일어날 일들을 예지할 수 있다.

그런데 인간이 밤마다 꾸는 꿈이 누구에 의해서 꾸는 것인지, 그 꿈이 어떤 의미인지, 또 그 꿈이 얼마나 먼 미래에 현실로 나타나는 것인지를 인류 역사 동안 모르고 살아왔기 때문에 자신이 밤마다 꾸는 꿈에 대한 자료가 거의 전무한 것이 사실이다.

그러나 창조주 신神 하나 부처님과 삼존여래의 출현으로 꿈은 창조주 신神 하나 부처님에 의해 인간이 밤마다 꾸는 것이고, 그 꿈이라는 수단을 통하여 인간은 미래를 예지할 수 있게 되었으며, 꿈의 요지가 현실에 재현되는 것은 수일 혹은 수년에 이르는 것도 있기 때문에 언제 실현되는지는 단정할 수 없는 등 다양한 사실을 알 수 있게 되었다.

이와 같이 인간이 매일 밤 꾸는 꿈의 내용이 가까운 현실에 재현될 경우 기이하게 여기기도 하고, 또 먼 미래에 실현될 경우 꿈을 꾼 시점과 그 꿈이 재현되는 시점 간에 연결 짓지 못하여 때로는 기이하게도 여기고 또 때로는 개꿈이라고 불평하면서 살아온 시간이 인류 역사와 일치한다 해도 과언이 아니다.

그러나 앞서 언급한 바와 같이 꿈은 창조주 신神 하나 부처님께서 자신의 과거, 현재, 미래를 내다보시고 내려주시는 가르침이므로 설령 먼 훗날에 재현될지라도 창조주 신神 하나 부처님께서 자신에게 내려주시는 상임을 알고 항시 감사하라.

• 늙기 전에 편안함을 찾아라.

창조주 신神 하나 부처님과 삼존여래의 출현으로 인간은 창조주 신神 하나 부처님의 보호와 가르침을 받아 광명光明을 찾을 수 있는 길이 열렸다.

그 길은 창조주 신神 하나 부처님과 삼존여래에게 있다. 쭉정이와 알곡 중 알곡으로 분류될 수 있는 유일한 길은 창조주 신神 하나 부처님과 삼존여래의 가르침을 받는 것이고, 그 가르침에 따라 정진하고 정진하여 자신의 단점을 모두 보완한 십승인이 된 때가 곧 알곡으로 선택된 때이다.

• 후손 관리를 잘 해라.(자손의 관리는 부모의 책임에 있다.)

인간은 환경의 지배를 받는 동물이다. 그러므로 부모의 행실이 자식의 성품에 이어지는 것은 당연한 것이다.

또 부모의 악업惡業으로 자녀에게 나쁜 업보業報가 이어지기도 하지만 반대로 부모의 선업善業으로 자식이 발복發福하는 경우도 있다.

이러한 업보의 윤회가 이어져 가문이 된 것이니, 자식의 관리는 부모의 행실이 으뜸이라 하지 않을 수 없다.

• 인적이 드문 곳에 홀로 있지 마라.

창조주 신神 하나 부처님께서 인류 구원의 대역사를 진행하면서 천명하신 과제 중 하나는 '인간 마음 합일' 이다.

이 '인간 마음 합일' 은 현 지구상에 살고 있는 70억 명의 사람 마음을 획일화하자는 의미가 아니라 정도正道만을 행하시는 창조주 신神 하나 부처님처럼 천심天心을 소유한 인간다운 인간으로 변화시키는 것을 말한다.

인간사에서 부조리는 늘 외진 곳에서 행해지는 것처럼 인간 마음의 부정 또한 그러하다.

그러므로 창조주 신神 하나 부처님과 삼존여래의 가르침을 따라 배우고 익히며 행한다면 마음의 어둡고 그늘진 곳은 밝게 빛나는 마음의 소유자로 재탄생될 수 있고, 이것이 창조주 신神 하나 부처님께서 건설하시려는 지상선국 신민神民이 되는 조건임을 명심하라.

• 꽃이 피고 지듯이 인간도 그러하다.

예언서에는 '영생永生' 이라는 단어가 있다. '영생永生' 은 문자 그대로 영원히 산다는 의미이다.

그러나 예언서에 기록된 '영생永生' 은 한 인간이 죽지 않고 영원히 산다는 의미가 아니라 자신의 대代가 이어진다는 의미이다.

• 언제 또 오고, 언제 또 오리오.(죽으면 끝이다.)

창조주 신神 하나 부처님께서 석가세존과 예수를 통하여 『팔만대장경』, 『요한계시록』을 각각 기록하여 현세에 전하게 하시고, 또 상기 예언서의 주인공 삼존여래를 출현시켜 상기 예언서 기록 내용과 동일한 삶을 살게 함으로써 부처님과 창조주가 각각 다른 분이 아니라 같은 분이고, 인류 인간에게 복福 주시는 분은 석가세존이나 예수가 아니라 창조주 신神 하나 부처님임을 증거하시었다.

또 삼존여래는 창조주 신神 하나 부처님의 대도大道 완성으로 "인류 인간에게 복 주시는 분은 창조주 신神 하나 부처님이시다.", "창조주 신神 하나 부처님은 생존해 있는 모든 인간과 합일合一하여 계신다.", "인간 사후에 혼령이 없다.", "창조주 신神 하나 부처님과 인간은 부모와 자식의 혈연관계이다." 등의 인류 역사 동안 몰랐던 진리를 밝혀 세상에 공개하시었다.

상기 삼존여래께서 밝히신 진리 중 "인간 사후에 혼령이 없다."는 명제와 "창조주 신神 하나 부처님은 생존해 있는 모든 인간과 합일合一하여 계신다."는 명제를 근간으로 석가세존과 예수를 고려하면 두 분은 삼존여래를 출현시키기 위해 사다리 역할을 한 분들이고, 또 현세를 살아가는 온 인류의 선조 격에 해당하는 분들일 뿐 서방정토, 천상세계 등 별도의 다른 세계가 존재하지도 않지만 그 다른 세상에 그분들이 존재하는 것도 아니다.

그럼에도 불구하고 상기 예언서에 환생還生과 부활復活이라는 기록을 후대의 사람들이 석가세존과 예수가 부처님이나 창조주인 것으로 잘못 이해하고, 또 신격화 및 우상화하여 그들이 다시 돌아오기를 기다리는 현세의 믿음 종교 행태는 참으로 무엇이라 형언할 수 없을 만큼 어리석음의 극치이다.

상기 예언서에 기록된 환생還生과 부활復活은 석가세존과 예수 생존 당시 그들과 합일合一하여 계셨던 창조주 신神 하나 부처님께서 인류 구원의 대역사를 마무리 짓기 위해 삼존여래와 합일合一하시어 현세에 출현한 사실을 표기한 단어이다.

이것이 사실인지 거짓인지의 여부는 본 글을 접하는 모든 사람들이 본 종합문화교육관에서 발간한 책자를 통하여 이해하고, 창조주 신神 하나 부처님과 삼존여래를 배알하여 직접 확인하시기 바란다.

- 운동과 이[齒]는 강하게 한 번, 약하게 한 번 동일하다. 만 가지가 도道에 의해 살아간다. 음악도 몸에 엔도르핀이 잘 도는 운동이다. 말도 운동이다. 쓴말 하지 말며, 유식하여 듣기 좋게 하라. 상대방에게 도움 주는 말만 해라.

운동과 양치질은 자신의 육신과 치아의 건강을 위하여 행하는 것인데, 운동은 자신의 체력에 맞추어 행해야 하고 양치질 또한 치아의 환경에 맞추어 행해야 하는 것처럼 대인관계를 행함에 있어 자신의 의사는 분명히 전달하되 상대를 배려하는 마음으로 부드럽고 유식하며 듣기 좋게 행하는 것이 좋다.

인간은 사회적 동물이기에 서로 어울려 살아갈 수밖에 없고, 만나고 헤어짐에 있어 자신의 뜻과 감정 등을 전달하는 수단은 '말'인데, 육신의 건강을 위해 운동하는 것처럼, 또 치아의 건강을 위하여 양치질의 강약을 조절하는 것처럼 이 말 또한 상대의 감정을 해치지 않는 범주 내에서 행해야 한다.

그 이유는 창조주 신神 하나 부처님께서는 생존해 있는 모든 인간과 합일合一하여 계시고, 인간의 각 언행을 보고 듣고 계시며 또 각 행위마다 점수를 매겨 복福을 내리고 계시기 때문이다.

만약 자신이 건넨 말로 인하여 상대를 불쾌하게 하고, 상대가 불쾌한 감정으로 인하여 창조주 신神 하나 부처님으로부터 복福 받는데 결손이 생긴다면 그것은 상대에게 적지 않은 피해를 준 셈이고, 이러한 피해는 반대로 자신 또한 언제든 당할 수 있는 일이기 때문에 대인관계를 함에 있어서 상대의 감정을 해치지 않는 범주 내에서 부드럽고 듣기 좋은 말을 건네는 것이 상호 이익일 뿐만 아니라 창조주 신神 하나 부처님으로부터 복福 받는데 있어 중요한 사안이다.

• 사람 나고 돈 났다. 꿈 깨어라. 돈은 건강 안에 있고, 웃는 자에게 많아진다. 남의 재물은 탐하지 마라. 도둑으로 보인다.

사람과 돈 그리고 재물을 순차적으로 배열하면 돈과 재물보다 사람이 먼저 난 것이 맞다. 때로 정황에 따라 돈과 재물이 사람을 상하게 하는 경우도 있다.

그러나 인간은 태어나는 순간부터 창조주 신神 하나 부처님과 합일合一되어 끊임없이, 그리고 갖가지 방법으로 그분의 가르침을 받고 있다는 사실을 기준으로 고려하면 돈벌이보다는 인간다운 인간이 되는 것이 더 시급한 사안이고 바른 이치이다.

그러니까 창조주 신神 하나 부처님은 형체形體가 없으시어 인간의 육안으로 보이지 않지만 세상만사가 그분의 법력法力에 의해 움직여진다는 사실을 모르기 때문에 그 사람다운 사람이 되는 일과 돈벌이 사이의 일을 바꾸어 행하고 있는 셈이다.

현세에는 창조주 신神 하나 부처님과 삼존여래께서 출현하시어 인간다운 인간으로 변화하고자 하는 사람에게는 바로 복 받을 수 있는 길이 열려 있으니 그분들을 배알하여 가르침을 받고 행한다면 돈과 재물은 그 뒤를 따를 것이고, 또 창조주 신神 하나 부처님께서 그와 같은 순서로 복福을 주시므로 인간이 돈과 재물을 우선하는 것이 합당한 이치이다.

❀ 청암사 도리교의 연혁

· 1980년 음력 2월 6일 창조주 원신님이 지존여래에게 내리신 계시 "동녘에 해 떴다, 광명 찾자!" 지존여래 김귀달金貴達 33세 출가

· 1986년 12월 18일 지존여래와 두 번째 여래인 인존여래께서 부산에서 만남

· 1986년 지존여래를 통한 미륵불과 인존여래의 문답식問答式 수도修道 시작

· 1987년 4월 부산 부전동에 청룡도사 개설

· 1989년 5월 진주 망경남동에 백운사 건립하여 손님을 맞다

· 1989년 음력 6월 28일 원신 미륵부처님 강림

· 1989년 음력 6월 28일 원신 미륵부처님께서 천존여래의 몸에 강림하심으로 인류대도 완성

· 1989년 음력 6월 28일 삼존여래(지존여래, 인존여래, 천존여래) 출현 및 천지인 완성

· 1990년 봄 원신 미륵부처님의 법력으로 중생들의 불치병을 완치하여 하루 약 1,500명의 손님들이 삼존여래의 미륵도량으로 모여들다

· 1990년 봄 부처님의 법력으로 난치병 및 불치병 치료를 위해 찾은 손님들이 1인당 1천 원을 복전함에 넣은 것이 문제되어 인존여래 청암도주님 보건범죄단속에 관한 특별조치법 위반으로 입건

· 1990년 봄 부처님으로부터 삼존여래의 법명(백운도주, 천지도주, 청암도주)을 받다
· 1992년 신神의 할아버지 배지(badge) 제작
· 1992년 주문 「원용수달」 공포
· 1992년 3월 10일 인존여래 청암도주님 보건범죄단속에 관한 특별조치법 위반 건 지방법원, 고등법원, 대법원 무죄판결 정정보도
· 1992년 6월 양복과 중절모를 쓴 좌상 봉안, 삼존여래는 한 가족이고, 부자간의 이치로 삼존여래가 출현하신다는 사실을 증명함(일명 부자상)
· 1993년 4월 8일 「복 받는 계명」 공포
· 1993년 원용수달님 메달 제작
· 1997년 12월 5일 원신 미륵부처님 입상 봉안
· 1997년 12월 5일 원신 미륵부처님 입상 앞에 지존여래의 미륵좌상 봉안
· 1997년 12월 5일 인존여래의 미륵상 봉안
· 1997년 12월 5일 천존여래의 미륵상 봉안
· 1997년 12월 원신 천지도주님 입상 봉안
· 1998년 '田' 형의 도道 완성마크 배지(badge)와 깃발 제작
· 1998년 7월 책 『신 미륵경』 출간
· 1998년 7월 책 『미륵경』 출간
· 1998년 9월 「천지인 1호」 발간
· 1998년 10월 20일 「천지인 2호」 발간
· 1998년 11월 25일 「천지인 3호」 발간

· 1998년 12월 전국 각 종교단체에 도 대결장 및 정도령 경고장 발송
· 1999년 원신 천지도주님의 미륵상 봉안
· 1999년 9월 대구 청암사 미륵도량 이전 개설
· 1999년 10월 7일 지존여래 형상의 백석白石 안치
· 1999년 10월 12일 백석白石에 진동과 전율의 신통력이 내려짐
· 2000년 4월 지존여래 왕관 착용, 믿음왕에 임하였음을 나타냄
· 2000년 5월 자서전 『미륵딸』 출간
· 2000년 5월 책 『미륵딸』 표지에 지존여래 사진 삽입, 토속신앙 및 무속신앙 통달한 창조주 신의 딸이자 미륵딸이며 한국인임을 나타냄
· 2000년 5월 지존여래가 천사복을 입고 책 『미륵딸』을 손에 쥐고 앉아 촬영한 사진에 흰색 불광, 사진 속의 주인공이 미륵딸이 맞다는 증표
· 2000년 5월 지존여래가 천사복을 입고 백석 앞에 앉아 촬영한 사진에 적색 불광, 사진 속의 주인공은 피눈물 나는 고행으로 인류대도가 완성되었음을 증명
· 2000년 5월 지존여래가 천사복을 입고 백석 앞에 앉아서 촬영한 사진에 적색과 청색의 불광, 불광은 태극기의 적색과 청색으로 사진속의 주인공이 한국인임을 증명함
· 2000년 7월 미륵불 출현 11주년 기면 공개 대법배(경주실내체육관) 거행
· 2000년 12월 『미륵여래출현경』 출간
· 2001년 5월 수창초교 근처 창조주 부처님 액자 전시관 개관

· 2002년 4월 대구 달성동 293-5 공국 무료급식 실시
· 2002년 4월 삼백석 신통력 체험관 개관
· 2002년 6월 『격암유록 상 · 하』 출간
· 2002년 6월 인존여래의 탄생지가 예언서 『격암유록』의 반월지임을 확인
· 2002년 11월 14일 백석白石 삼구 인존여래 탄생지에 안치
· 2002년 12월 예언서 『팔만대장경』과 『격암유록』의 내용이 미륵여래의 일지와 동일함을 확인
· 2002년 12월 진정한 三寶(삼보)는 삼존여래임을 확인
· 2003년 1월 20일 믿음통일대불 석조 미륵상 봉안
· 2003년 6월 20일 석가여래 석조 미륵상 봉안
· 2003년 6월 20일 비로자나불 석조 미륵상 봉안
· 2003년 6월 대구 청암사 법당에 미륵여래 전시관 개관
· 2003년 7월 미륵여래역사 박물관 개관(대구 청암사 법당)
· 2003년 7월 미륵부처님으로부터 통일대불상 수상
· 2003년 7월 미륵부처님으로부터 노벨상 수상
· 2003년 11월 책 『한국땅 한국인 팔만대장경 속의 주인공 출현』 출간
· 2004년 청암사 마크 田, 백석, 석조 미륵불 입상 특허증 수수
· 2004년 5월 신중당神重堂, 신중단神重壇 개설기존 불교와 현세미륵불의 차이를 알린 법당
· 2004년 6월 의령군 정곡면에 창조주 좌상 등등 박물관 개관
· 2005년 2월 대구 달성동 하이타올 옆 미륵불의 이력 박물관 개관

- 2006년 5월 달성공원 정문 앞 무료급식 실시
- 2006년 5월 황토골 불숯불갈비에서 밥, 콩국 무료급식 실시
- 2006년 6월 4일 지존여래 우주를 빛낸 왕관 착용, 믿음왕 증표
- 2006년 6월 지존여래 배에 큰 용이 그려진 꿈으로 용화세계가 도래함을 예시함
- 2006년 7월 원대동 금성예식장 무료급식 실시
- 2006년 8월 지존여래 인도 왕관 착용, 석가세존의 뒤를 이어 믿음왕이 되었음을 나타냄
- 2006년 가을 목조 미륵불 입상 봉안
- 2007년 2월 25일 석조 미륵불 좌상 봉안
- 2007년 3월 책 『미륵딸 2부』 발간
- 2007년 3월 책 『미륵딸 3부』 발간
- 2007년 4월 미륵불로부터 옥새玉璽를 받다
- 2007년 4월 4일 지존여래 왕복과 비녀 착용, 한국인이 최고의 경지에 올랐음을 나타냄
- 2007년 5월 대구 달성동 351-30 봉사활동(반찬)
- 2007년 6월 달성공원 정문 앞 신비의 돌 체험관 개관
- 2007년 10월 2일 지존여래 우주 별왕관 착용, 도 완성을 의미함
- 2008년 「뉴스매거진」 신년특집호에 미륵불과 삼존여래의 이력 알림
- 2008년 2월 구름으로 만들어진 삼봉산과 도화지에 옮긴 삼봉산을 촬영한 사진에 애벌레 현상됨(부처님께서 인간 탄생 및 인간 삶에 관여하고 있다는 증거)

· 2008년 5월 3일 지존여래 박사모 착용, 믿음 종교 해결을 의미함
· 2008년 5월 젓갈 국물 촬영 사진에 홍룡(용화세계를 뜻함)
· 2008년 6월 4일 미륵불로부터 지존여래에게 대비모와 대비복을 입을 것을 하명 받음
· 2008년 8월 지존여래님의 팔뚝에 무궁화꽃이 새겨짐, 미륵불의 제자는 한국 사람임을 나타냄
· 2009년 6월 5일 지존여래 당의와 당의모 착용, 사막의 물과 같은 존재인 삼보임을 나타냄
· 2009년 8월 4일 지존여래 곤룡포와 왕관 착용, 세계종교믿음 해결 연구박사임을 나타냄
· 2009년 9월 지존여래 백운도주님 금관 착용(요임금의 대를 잇는다는 의미)
· 2010년 8월 「영남일보」에 미륵여래의 이력 알림
· 2011년 1월 「뉴스투데이」에 진인 출현을 알림
· 2011년 2월 복 주시는 분 찾기 및 서명운동 전개
· 2011년 3월 책 『격암유록 상 · 하』 재간
· 2011년 5월 십승지의 진리마크 제작
· 2011년 6월 대구역 맞은편에 종합문화교육관 개관
· 2011년 11월 책 『살아계신 창조주와 세 상좌』 발간
· 2012년 1월 1일 인존시대 공포(인간은 부처님과 합일되어 있기 때문에 인간 상호 간에 존중해야 되는 시대가 열렸음을 공고함)
· 2012년 5월 16일 『요한계시록』 성경책을 선물 받음
· 2012년 5월 28(음력 4월 8일) 종교 수장 중 통합대장으로 임명 받음

· 2012년 7월 20일 『유불선 合 경전』 발간
· 2013년 6월 25일 『대예언서 속에 요한계시록 육육육 정도령 출현』 발간
· 2013년 8월 『미륵딸』, 『격암유록』, 『살아계신 창조주와 세 상좌』, 『유불선 合 경전』, 『대예언서 속에 요한계시록』 등의 요지를 언론에 공개

▣ 애국가 ▣

동해물과 백두산이 마르고 닳도록

하느님이 보우하사 우리나라 만세

무궁화 삼천리 화려강산

대한사람 대한으로 길이 보전하세

▣ 창조주님의 소망 ▣

창조주님 작사 / 김귀달 적음

창조주님 원 풀렸네 한 풀렸네 도리교 삼존여래께서
일구어 만든 도력 받아 복 타세
세 성인 뜻 일구어 놓은 창조주님의 법칙 받아보세
양기도 돋아나고 지혜가 열렸네
건강 복 타세 간 심장 혈압 대장 소장 위장 치유되어
흰머리 검은머리 돋아나네 한 분뿐이신 창조주님
부모 역할하시네

▣ 창조주님은 인간을 사랑 ▣

창조주님 작사 / 김귀달 적음

창조주님 하나님 조물주님
어이 그렇게 기특하십니까 영특하십니까
이 세상을 구휼하기 위해 지구상 뭇인간에게
사명을 내리시어 인도도와 이스라엘도에 물들지 않기 위해
공부 못한 상좌를 사명을 주셔 만재주꾼 만드셨네
창조주님께서 부처님이시네 부처님께서 저희 인간에게
어버이 역할 해주시니 감사하오며 감사합니다

▣ 창조주님께서 오랜 세월 동안 기다림 ▣

창조주님 작사 / 김귀달 적음

창조주님 인간 사이 두고 얼마나 상심했습니까
저희들에게 따뜻한 마음 주시고 정화시키기 위하여
오늘날이 오기까지 얼마나 몇 천 년 동안 기다렸습니까
어버이로 김귀달 등에 업혀 얼마나 애쓰셨습니까
인간과 인간을 합일시켜서 얼마나 저를 통해 우셨다 아닙니까
울타리 없는 세상 꼭 만들어보세

▣ 인류 사람께 명과 복을 주시는 도 ▣

창조주님 작사 / 김귀달 적음

창조주님 조물주님 김귀달에게 업혀서 커다란 역사 일구어
대한민국 한 사람으로서 굽이굽이 흐른 눈물로 애써 일구어 놓은
도력 받아 혈관 기능 살려 뼈도 튼튼 사대일신 육신 건강하여
명 타세 복 타세 함께하신 창조주님 아이디어 받아
인류 구원하실 인재 되어 인간을 능멸하지 말고
마음 뜻 합일되어 행복한 삶을 살아보세

▣ 인류 구휼할 합일된 원용수달님 ▣

창조주님 작사 / 김귀달 적음

창조주 하나님 어버이신 역할 임하시어 엄하신 어버이 역할
자상하신 어머니 역할로 날 키우셨네 나를 보살펴 68세까지
성숙하도록 돌아보셨네 아멘 부처님
부처님 우리 부처님 신령님 신령님 저에게 합일되신 창조주님
부처님 김귀달 등에 업혀 우주 한 바퀴 돌았다
삼존여래 지존여래 합일되어 일하셨다

미륵 여래 찬탄가.
1. 거룩 하신 미륵 여래 이세상 출현하 시니 원용 수달 뜻을
2. 장엄 하신 미륵 여래 이세상 출현하시니 원용 수달 받은
받아 중생을 제도하네 높으신 가르침
계율 중생을 제도하네 숭고한 가르침
명심또명 심 속세의 어두운 곳 두루 살피시어
실행또실 행 속세의 어두운 곳 두루 살피시어
중생의 애환을 풀어- 주소서 가보세
중생의 번뇌를 풀어- 주소서 가보세
모 이 세 미륵여래 계신 곳
모 이 세 미륵여래 계 신 곳
지극 정성 모시세 영원토록 모 시 세
지극 정성 모시세 영원토록 모 시 세

미 륵 찬 가

작시 이소리
작곡 이동탁
Moderato
저 부 는 세 상 구 하 — 려 미 륵 럼 오 셨 — 네 —
어 두 운 세 상 밝 히 ·· 리 미 륵 님 오 셨 ·· 네 ··
혼 탁 한 세 상 구 하 ·· 려 미 륵 님 오 셨 ·· 네 ··
가 련 한 대 중 구 학 ·· 려 정 도 령 오 셨 ·· 네 ··
미 혹 한 대 중 구 하 — 려 정 도 령 오 셨 — 네 —
고 해 의 대 중 구 하 — 려 정 도 령 오 셨 — 네 —
범 어 한 마 디 에 만 대 중 깨 닫 음 얻 으 — 니 —
범 어 한 마 디 에 만 대 중 지 혜 를 밝 히 ·· 니 ··
범 어 한 마 디 에 만 대 중 고 해 를 벗 어 나 니
정 도 덕 행 실 행 하 여 감 로 를 얻 었 — 네 —
정 도 덕 행 실 행 하 여 깨 우 침 얻 었 ·· 네 ··
정 도 덕 행 실 행 하 여 환 희 를 얻 었 ·· 네 ··
아 ·· 아 천 지 인 에 삼 승 진 리 넘 쳐 흐 르 네
(후렴)
아 — 아 — 천 지 인 에 진 리 의 빛 넘 쳐 흐 르 네 —

삼존여래 찬가
이소리 작사
이용탁 작곡
ndante
혼탁한 인간의 마음
별 하나는
구세주 정도령이 신
밝히는 별 하나
인존여래 청암도 주님
산미륵 삼미륵 님
척박한 세상의 땅
별하 나는 지존여래
인간 말세 종교 말세
열구는 별하나
백운도 주님
하나로 통일시켜
어두운 우주환희
별하 나는 천존여래
하늘과 땅과 사람의
빛내는 별 하나
천지도 주님
지상낙원 여시네
세상에 내려와
삼신일체 삼위일체
복받는 계명 내리시어
인간의 도리 밝히네
정도 덕행 밝히네
만복을 주시네
후렴 2번
만대중 고행과
역경 일시에 풀어주시네
만대중 깨우쳐
원롬 수달님 말씀여시네

진리의 보석
Waltz
이소리 작시
권혁식 작곡

나 여래 품으로
Waltz
이소리 작사
권혁식 작곡

개벽의 노래
Waltz
이소리 작시, 권혁식 작곡
가 까 웠 네 가 까 웟 네
금 은 보 화 무 엇 하 리
후 천 개 벽 가 까 웠 네-
배 부 르 면 무 엇 하 리-
혹 십- 자 부 - 리 들
만 대 - 중 피 - 빨 아
하 느 님 행 세 하 고 -
누 리 는 짧 은 행 복 -
얼 빠 진 만 대 중 잡 귀 되 어
가련 하 고 불쌍 하 다 추 풍 낙 엽
미 쳐 날 뛰 니 쭉 정 이 날- 리 는
풍 - 전 등 화 부 자 가 살 겠 는 가
추 수 때 가 가 까 웠 네 -
권 세 가 가 살 겠 는 가 -
(후렴)
한 심 하 고 가 련 한 대 중 들 아
마 음 으 로 깨 달 아 라-
닫 힌 마 음 열 지 못 하 면
십 승 진 리 연 기 로 세

1절 십승 완성자 성인찬불가

사람나고 돈났지 인간에울고 사랑에울고 돈에울고
깊은잠 못이루고 외쳐 아무도없는 캄캄한 밤에
홀로통곡하고 수덕사의여승 여자의일생 기러기아빠를
너혼자통곡 소리하니 내가들어볼때 하늘이 무너지고
땅이꺼져 통불꺼진 너의 심중소간 어느누가 들어알게
하였는가 시계바늘 부르니 환희에찬 기쁨이
왔구나

1절 만고행, 능멸받고 2절, 만인간께

2절 십승 완성자 성인찬불가

찾아내었으니 이휘이휘 이휘이휘 이 휘
경 사로다 - 경 - 사 가 났네 승리로
이 룬 십승지 승 리 자 - 김치달이
너 는 훌륭하니 키작아도 크구나 -
못 났다고 - 하지 - 말 고 돈없어도 부자이고
글 - 이 부족해도 부 족하다말 하지마 - 라 -
부 - 디 부 디 만수무강 하 여 새세상에
오래세월 더불어 살 아 영 생 으 라 라 라 -

❀ 언론 소개글

〈파워코리아〉 커버스토리

창조주 하나 부처님 대역사 밝히다

김귀달金貴達 선생

인류 창조주님의 대역사 속 비밀을 밝히다

"창조주님의 성각에 성전을 다시 세우리라!"

"울타리 없는 세상, 종교 통일, 인간 마음 합일" 창조주님 말씀 중에 : 지금부터 약 1억 년 전부터 준비한 창조주께서는 4천 년 전부터 고인이 된 성현들의 뒤를 이어 마지막 상좌인 삼존여래를 출현시키고, 창조주 부처님과 신인합일神人合一 및 동시동작하는 삼존여래에 의해 밝혀진 예언서 속의 장대한 비밀

1. 『팔만대장경』 – 창조주와 석가 신인합일하여 전한 계시록

탑과 절을 세우지 말며 나(석가)를 위한 공양예배를 하지 말며 차제에 내(창조주와 세 성인 – 원용수달)가 설하리라. 출처 : 『팔만대장경』 속 열반경 중에서

2. 『격암유록』 – 창조주와 남사고 합일하여 전한 계시록 중에

주인공(세 성인)의 탄생지, 생활, 성품, 생김새, 직업 등을 예언 - 반월지, 일수이수앵회지, 명사십리, 평사삼리 등을 밝혀놓아 현세 주인공만이 알 수 있는 지형과 지명을 예언해 놓았음. 출처 : 『격암유록』 중에서

3. 성경 『요한계시록』 – 창조주와 요한 합일하여 전한 계시록

창조주와 성각과 성전 비문 예언

동편에 세 문, 북편에 세 문, 남편에 세 문, 서편에 세 문이니라.(On the east three gates; on the north three gates; on the south three gates; and on the west three gates.) 출처 : 『요한계시록』 21장 13절 : 그 성에 성곽 열두 기초석이 있고, 그 뒤에 어린양의 집이 있더라.(And the wall of the city had twelve foundations, and on them the names of the twelve apostles of the Lamb.) 출처 : 『요한계시록』 21장 14절

· 세 성인이 십승지 도를 이루다. 창조주님 한 분뿐임(미륵님, 하느님, 하나님, 상제님, 부처님, 유일신, 조물주, 신)을 나타내기 위해 돌미륵 입상, 돌미륵 좌상 그림상, 목조불 입상을 봉안

· 신간 출판 『대예언서 속에 요한계시록-육육육 정도령 출현』 金貴達 주관, 검색어 '김귀달' - 『유불선 合 경전』, 『살아계신 창조주와 세 상좌』, 『격암유록 해설서』

· 예언서 『격암유록』 속 성인의 탄생지 : 경남 의령군 정곡면 적곡리 210

*** 종교역사 최종 박물관 안내**

창조주 부처님에 의해 출현하신 마지막 상좌 삼존여래

창조주 부처님의 법력으로 대도大道를 완성한 삼존여래

석가와 예수의 뒤를 이어 창조주 부처님의 존재 및 법력을 증명한 삼존여래는

"창조주와 부처는 같은 분이다."

"창조주 부처님이 환생還生과 부활復活의 주인공이다."

"창조주 부처님과 인간은 부모와 자식의 혈연관계이다."

"인류 인간에게 복 주시는 분은 창조주 부처님이시다."

상기와 같은 진리를 온 인류에 전하고, 그 증거로 본 도리교 청암사에서 발간한 『팔만대장경』, 『요한계시록』, 『격암유록』을 제시하는 동시에 『요한계시록』에 기록된 석조 창조주 부처님의 입상 및 좌상이 봉안된 '종교역사 최종 박물관' 을 또한 온 인류에 공개한다.

종교역사 최종 박물관은 『격암유록』에 기록된 계룡국의 수도 반월지(경남 의령군 정곡면 적곡리 210)에 소재하고, 그 박물관에 봉안된 석조 창조주 부처님 입상 및 좌상 그리고 앞으로 봉안할 창조주 부처님 순금 좌상은 『요한계시록』 21장 13절에 "동편에 세 문, 북편에 세 문, 남편에 세 문, 서편에 세 문"과 21장 18절에 '정금' 으로 기록되어 있으며 창조주 부처님께서 삼존여래에게 증표로 주신 인증서로써 13장 18절에 '육육육' 으로 기록하고 있다.

창조주 부처님의 형상에 소원을 빌면 만 가지 소원과 만복을 받을 수 있고, 여건이 맞지 않는 분은 창조주 부처님 형상이 담긴 액자를 집에 봉안 및 기도를 드려도 동일한 법력을 받을 수 있으니, 본 소식을 접하는 분들은 의심 없이 상기 내용을 숙고하여 창조주 부처님의 존재 및 법력을 체득하고 나아가 만복과 자손만대의 부귀영화를 누릴 수 있기를 바란다.

문의처 : 010-2537-1399

〈공감언론 뉴시스〉

세상을 구원할 미륵불 출현

【서울=뉴시스】김귀달 주관 · 도리 청암사 = 창조주 미륵 부처님께서 인류를 구원하기 위하여 마지막 일꾼으로 삼존여래를 선택한 후 석가세존을 통해 불법지침서인 팔만대장경에 삼존여래 이력을 기술하여 오늘 현세에 전하게 하시고, 삼존여래를 출현시켰다.

필자는 경남 의령군 정곡면 적곡리 도리 청암사에서 부처님의 원력으로 인류 구원을 위해 구도생활을 하고 있다.

경남 진주에서 출생, 33세에 출가한 후 창조주 미륵부처님과 합일된 지존여래를 꿈꾸며 61세에 부처님의 소원을 달성했다.

미륵 부처님의 뜻을 따라 통일된 하나의 종교 안에 인간의 마음을 합일시켜 모든 중생들에게 지상낙원의 교리를 설파하고 있다.

창조주 부처님께서 3명의 상좌인 삼존여래와 합일시킨 까닭은 창조주 부처님께서 약 1억 년 전 인류구원을 위해 원대한 계획을 세우고 그 대역사를 실현시킬 당사자로 삼존여래를 지명했다.

결국 삼존여래는 창조주 부처님과 합일된 인류구원의 특권자인 것이다. 필자는 『대예언서 속의 요한계시록』, 『격암유록』(상 · 하), 『격암유록의 주인공』(속편), 『유불선 합습 경전』, 『미륵의 딸』 등 10

여 편의 저작을 통해 이 같은 비밀을 알린 바 있다.

도리 청암사에는 백석과 삼석이 있다. 손을 대면 전율이 느껴진다. 전율이 오면 소원이 성취되는 기적이 이뤄지는 영험한 돌이다.
010-2537-1399

❀ 공고

본 종합문화교육관에서는 창조주 신 하나 미륵부처님의 존재와 법력 그리고 천지공사의 역사에 대한 연구회를 발족하여 아래와 같이 상기 주제에 대한 논문 및 회원 접수를 받고 있으니, 뜻 있는 분들의 많은 동참 바랍니다.

– 아 래 –

일자 : 2015년 1월부터

접수처 : 종합문화교육관 사무처

주제 : 창조주 신 하나 미륵부처님의 존재와 법력 그리고 천지공사의 역사에 대하여

문의처 : 010-2537-1399

* 미륵불과 삼존여래께서 내린 복 받는 계명은 대복을 내리시는 일체법 중 으뜸가는 계명이다.

◐ 正道德行(정도덕행)을 실행하겠습니다.

◐ 바르게 살면서 넓고 따뜻한 마음으로 善行(선행)하겠습니다.

◐ 양심을 잃지 않겠습니다.

◐ 마음을 맑고 깨끗이 하겠습니다.

◐ 인간의 도리를 지키겠습니다.

◐ 부모님을 정성껏 공경하겠습니다.

◐ '원용수달님' 의 계시를 명심하겠습니다.

– 삼존삼귀의 –

* 창조주 신 하나 미륵불 부처님의 주인공 출현
미륵불 상좌 김귀달 인류 최초로 믿음 진리
발명가 창시자 김귀달께서 미륵불님 말씀 깨달음과 체험 진리 주인공 비서를 총정리

미륵부처님 봉안하실 분 연락바랍니다.

미륵부처님 따뜻한 마음을 김귀달께서 미륵부처님에 대해 43년간 함께 체험하셨던 믿음의 진리와 종교를 통일하는 차원에서 음력 초하루 일요일에 강의를 해드리겠습니다.

초청해 주십시오.

연락처 : 010-2537-1399 (이틀 전 예약 가능)

* 미륵부처님 소원은 금불상 봉안
미륵여래 바람은 믿음 종교 하나로 통일되기를 바랍니다.

울고 웃던 마음 사연과 7계명으로 술술 풀어드리겠습니다.

미륵불님과 함께 걸어 나오면서 좋은 일, 도술, 위력, 법력을 받았던 체험담!

* 미륵불께서 부활 환생하시어 계심을 김귀달께서 알립니다

유일하신 미륵부처님 가훈 (신을 뜻한다)
① 만나서 반갑습니다.
② 감사합니다.
사람과의 만남 인사 미륵불께서 사람에게 합일된 인사

* 미륵불의 바람
① 법과 규칙을 알면 할 말이 없다.
② 질서 정진 ③ 나의 존재는 미륵불 얼굴이다.

* 인류는 미륵불자 미륵彌勒 - 우주
불사 추진 金貴達 위원회에서 후원자님 모십니다.
불사에 동참하셔서 만복을 받으시길 바랍니다.
김귀달 농협계좌 714-02-356231
유일신 창조주 성각 성전 봉안된 기도도량은 세계에서 한 곳뿐임
장소 : 경남 의령군 정곡면 적곡리 210-19번지
미륵불께서 4천 년 전에 예언된 지역 도리 청암사
지존여래 연락처 : 010-2537-1399
죽은 자의 사후세계는 없다. 사후 윤회가 없다.
지옥, 천국, 극락, 천당은 인간들이 만들어낸 글과 말이다.
죽으면 영혼이 썩어 없어진다. 생각도 하지 못한다.
죽은 자는 말이 없듯이 영원히 끝이다.
사후세계가 있다 한 것은 모르시는 말씀이다.

미륵불 하나님께서 짜놓은 수수께끼 연극일 뿐이다.

+영생 또한 없다 영원히 없다.

* 주문 원용수달

원 : 창조주 신 하나 부처님

용 : 창조주 신 하나 부처님의 자식으로서 지존여래 김귀달의 남편

수 : 창조주 신 하나 부처님의 자식으로서 지존여래 김귀달의 아들 사명

달 : 미륵불 딸이자 인존여래 전용식의 아내이자 전범수의 모친으로 천지공사 완결자

상기 삼존여래는 부부와 자식의 한 가족으로서 인류 역사 동안 몰랐던 창조주 신 하나 부처님의 존재 및 법력을 찾아내고 밝혀내어 창조주 신 하나 부처님의 각종 형상을 봉안한 예언서의 주인공들이시다. 중혼.

＊ 창조주 신 하나 부처님 메시지

불법지침서 『팔만대장경』, 성경 『요한계시록』, 예언서 『격암유록』을 기록한 사람은 석가, 요한, 남사고이고, 계시하신 분은 창조주 신 하나 미륵부처님이시며, 상기 예언서를 받을 분은 현세에 출현해 계신 삼존여래(천존여래, 지존여래, 인존여래)이시다.

이는 창조주 신 하나 부처님께서 인류 구원의 계획도에 따라 인류 만민들에게 제시할 증거자료를 만들기 위한 방편으로 석가, 요한, 남사고에게 각각 전수된 예언서이고, 상기 예언서의 주인공은 현세에 출현해 계신 삼존여래이시다.

따라서 석가와 예수는 현존하지 않는 인물로 부처도 창조주도 아니고, 상기 예언서를 창조주 신 하나 부처님으로부터 전수받아 오늘날의 삼존여래에게 전달하는 중간 역할을 한 인류의 선조일 뿐이다.

최소한 한 번 읽어보고 하루 자고, 또 한 번 읽기를 반복하여 60번 읽어보고 난 후 연락하시면 고맙기 한이 없습니다.

– 미륵부처님 말씀 계시록 –